翼想本

翼想本

人生售後
服務部
04
SECOND LI
AFTER-SAL
DEPARTME
千
Ooi Choon Liang

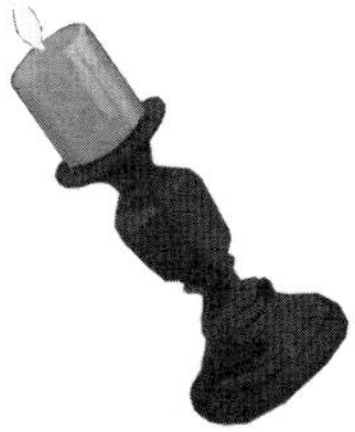

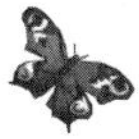

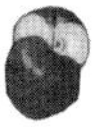

目錄

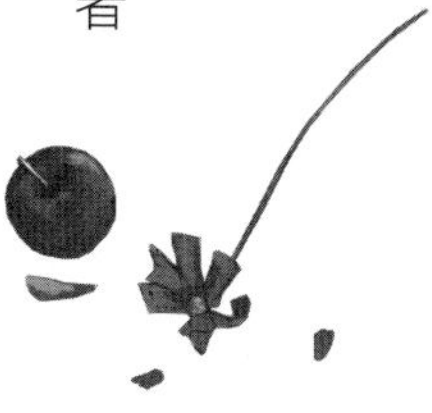

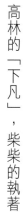

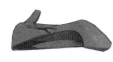

楔子
噩夢

淅瀝瀝的雨在窗外下著，晚風透著略帶涼意的氣息，吹著沒有被束好的白色窗簾。黃昏之下，我看到那個人側坐在紅木椅上，上半身則如同曾經坐在我前排的女同學回頭對我笑一般，右腮壓著右手，靠在椅背上。

她雙目已經閉合，臉色蒼白，再無往日的鋒銳，反而透著三分柔弱。

我僵硬地站在門口，目光順著她的臉頰，掠過她的長髮。她修長的左手軟軟地垂下，略帶黏稠的液體，由那白皙的手腕上滑下，自指尖滴落，在地板畫出紅色的圖案。圖案上有著凌亂的腳印痕跡。

她半邊身子的衣服已經溼透，白色連身紗裙被染成了紅色。

彷彿被一種莫名的力量控制，宛若機器人一般近乎拖行一樣地走了過去。我的心裡充滿了恐懼和悲傷，兩股濃烈的情緒讓我的呼吸變得越來越急促。

「呼……」

呼吸聲變得沉重而清晰，心臟也快要從喉嚨裡跳出來，我怔怔地看著離自己越來越近的熟悉面容，伸出了顫抖的手，卻在即將碰到她的剎那停了下來。

「呃……」

我無意識地低呼了一聲，只覺得自己的內臟在一瞬間猛地抽疼了起來，而且越來越疼，疼到無法自已，直到我看到那張蒼白的臉上，那雙緊閉的眼驀然睜開，眸子裡映射的，是我從未見過的譏諷。

「——！」

滿頭大汗地躺在床上，我驚魂未定的喘著氣，好一會，我才定下神。可平靜之後，卻發覺自己的內心如同被投放了名為悲傷的透明藥丸，莫名的情緒逐漸化開，卻找不到那枚藥丸在哪。

讓自己平靜之後，我才想起自己還在警局。

為什麼在這裡？

我並不想回答自己這個問題，因為這只會讓我想起夢中經歷的畫面。

做噩夢醒來後最可怕的事是什麼？

是發現，原來噩夢竟然是真的。

若嵐死了，而我是屍體發現者，所以從昨天晚上開始，我便待在警局裡，並被半強迫半勸阻地在這裡迷迷糊糊過了一夜。

篤篤。

我理了理皺巴巴的衣物，正打算應聲讓人進來，門卻已經開了，這種禮貌往往代表了那個人的一種奇特態度——他根本不在乎我的想法。

也可以說，這種禮貌代表對方還擁有所剩不多的耐心，而不是善心。

「您可以走了。」來的是一位穿著制服的年輕員警，他淡漠而公式化地對我說道：「很抱歉浪費了您的時間，請回去休息吧。」

「什麼意思？」

「就是您的嫌疑已經被洗清了，謝謝您的配合。」

雖然對自己被懷疑的事早就有所預料，但聽到他此刻的回答，終究還是忍不住冒出一團火，「那總得給我個說法吧？這到底是怎麼回事？殺人犯是誰有頭緒了嗎？」

年輕員警的表情僵硬，但我看得出來他猶豫了一下，斟酌著語句說道：「嚴格地說，沒有殺人犯。」

「啥？你不會想說那是自殺的吧？那把刀是從她背後捅的！」

「沒有人死，當然就沒有殺人犯了。」

「若嵐還活著？」

「她是死了。」

「那你還……」

「她是什麼身分你不知道？」年輕員警聳了聳肩，略帶嫌棄地看了我一眼，「昨天晚上你故意不說，讓我們白忙了一整晚，現在是誰動的手也知道了，所以我們連案子都不用立。」

自治市員警查案的效率讓我驚訝，於是忍不住問道：「是誰？」

年輕員警皮笑肉不笑地說道：「不好意思，我們有保密義務，不能和無關者亂說的。」

「……」

「誰動的手都知道了還不立案？林蕭然林專務在哪？他怎麼會允許你們這麼輕率地……」我冷冷地瞪著他，雙手緊握，憤怒在胸腔裡翻湧，「你們等著被起訴吧！」

「你說他？」年輕員警嘆了口氣，略帶疲憊地對我擺了擺手，語氣漸漸不耐，「你還真的什麼都不知道啊……」

「什麼意思？」

「因為最不想立案的人，就是他。」年輕員警半憐憫半嘲諷地看著我，而哪怕是那份憐憫，似乎也僅僅是針對我的情緒，而不是那個已經再也沒有辦法做出任何回應的人，「真遺憾啊。」

第一章 尷尬的隔閡，詭異的遊行

「你最近是不是躲著若嵐？」

「沒有啊。」我略不自在地撇開頭，避開許渝媛狐疑的目光，心中帶著些許慌亂，「只是最近單獨負責的客戶變多了，總不能一直跟在她後面做事吧？」

我確實是不知道該如何面對這個人。我沒有辦法忘記那天在地下車庫的事，在那樣的情況下，我甚至無法想像她的表情是什麼樣的。

「嗯～～～」許渝媛做著誇張的怪臉，很做作地點頭，好像明白了什麼一樣，讓我忍不住一陣心煩。

當我看到她手上五顏六色的指甲油時，終於忍不住心中的不適，問道：「幹麼？想說什麼啊？」

「你有把柄在她手上。」

「都說沒有了！」就算有把柄，也是她的把柄在我手上，我看上去有這麼心虛嗎？

辦公室的空氣裡飄蕩著油墨的味道，這原本可以讓我靜下心來，可最近這個味道卻讓我坐立不安。因為我不想在辦公室裡待得太久。

而許渝媛的話讓我更加想要出去，剛好手上還有複製人客戶需要去例行巡視，雖然時間上可能早了點，不過我並不介意再去預約幾家，如果合適的話就直接上門，反正我也已經有了單獨使用公司車輛的資格。

這在往常可能是一件會被大量拒絕的事，但自從奧米勒斯教被確定為邪教之後，許多客戶開始擔心這件事的影響，通常都是願意配合的。

畢竟，他們也不希望一個推行自殺的宗教橫行於世。如果可以早點發現一些苗頭，往往可以把危險扼殺在搖籃之中。

而因為奧米勒斯教的原因，公司也提高了一些要求，在複製人製造申請上，名額縮減，門檻拉高。而在已存在的複製人客戶方面，則要求加大管理的強度。甚至已經出現了強制監禁檢查複製人的部分客戶名單。

當我剛要走出門，卻發現迎面而來了我最近盡量刻意避開的人——若嵐。

「出去？」若嵐的神情和往常一樣，似乎並不在意我最近的疏遠。

「嗯。」我含糊地應了一聲。

「好好做，最近事情比較多。」若嵐似乎意有所指，「還有，今天監察廳那邊已經把裝備發下來了，記得帶上。」

經複製人監察廳審查核可後製造的裝備，自然是針對複製人的，東西也只有一件，是一把沒有子彈的手槍。名字取得倒是挺有諷刺意義的——

「強制治療劑」。

這把槍雖然不需要子彈，但可以對準複製人目標，強制繞過複製人的ＡＩ監測以及審查裝置，讓複製人陷入昏迷，發揮所謂「強制治療」的效果。

簡單地說，就是一把複製人專屬麻醉槍。這件東西其實早就設計出來了，但一直沒有通過審查，而在經歷奧米勒斯教事件之後，複製人的異常行為驟增，僅僅依靠目前的ＡＩ運算，容易出現超載和延遲的現象。這批裝備發下來，讓整個售後服務部的人都配了一把。

按理來說，自治市有武器管制規定，此種物品本就不能隨便分發給非保全公司的私人企業，可從法律上來說，這並不是武器，就如同它的名字，它被劃分到「特殊醫療器械」那個分類之中。

也就是說，就和自衛隊不是軍隊，而是全副武裝的警察一樣，這把名為「強制治療劑」的槍械，自然也算不上武器。

我並不喜歡這個東西，可為了以防萬一，不管是上班還是下班，我仍然帶著它，雖然至今還沒有使用過。

我希望自己永遠也沒機會用上。

不過話說回來……事情比較多，妳以為是因為誰啊？

我很想把這句話拋出去，但迎著她清冷的目光，心中卻沒來由地猶豫了。

不管再怎麼懷疑，我始終都沒有證據證明若嵐和奧米勒斯教有關，甚至她的一言一行，始終都是為了工作以及複製人們奔波。

有時候，我甚至會以為自己那天在地下車庫看到的事，只是一場不切實際的噩夢而已。

「對了。」若嵐的聲線穩定到沒有一絲顫抖和愧疚，甚至很理所當然地對我說：「雖然這件事你應該明白，但我姑且還是跟你確認一下。」

「什麼事？」

「你知道你的工作內容嗎？」

「為複製人以及客戶的需求服務，還有檢查。」

「很好，那別的事就不是你的工作內容，你應該清楚。」若嵐這句話讓我心裡的火氣一下子冒上來。

我只覺得自己的臉一下子又熱又燥，胸腔裡的怒意讓呼吸開始變得不順暢。

「怎麼？我是做了什麼多餘的事讓妳不高興了嗎？」

也許是語氣中的怒焰讓若嵐覺得話題就此結束更好，所以她搖搖頭，「我不知道你到底在不爽什麼，不過，我比任何人都期待你可以獨當一面。」

獨當一面？妳是指讓我一個勁處理這些因為妳而突然劇增的自殺申請嗎？因為心中的怒火，讓我誕生了這個疑問，卻忍不住想要發笑，正當我忍不住想要譏諷她幾句時，卻看到她的眸子裡——滿是誠懇。

為什麼做出這種事的人，還能有這樣一雙眼睛呢？

我的怒火一下子轉成了惆悵。「我不爽是因為，我居然現在才發現，原來我一點都不瞭解妳，我不知道妳是什麼樣的人。」

若嵐的表情一下子僵住了，她垂下視線，第一次避開了我的目光，「你知道什麼？」

「我只知道，我不知道的東西太多了。」

「有機會，你會知道的。」若嵐低聲說完這句話後，從我的身邊擦肩而過，同時輕拍了一下我的肩膀，「但在這之前，在某些你無法插手的事上，不要做任何多餘的思考，也不要相信任何人……包括我在內。」

我還沒來得及咀嚼出這句話隱含的意義，若嵐便已遠離。我半轉著身子，猶豫了半晌還是沒有把她叫住細細詢問。

因為我不知道自己問了，她會說嗎？或者說，她會告訴我真相嗎？她有這個勇氣嗎？

恐怕僅僅是她現在告訴我的東西，就是她的極限了。

成年人的世界有些時候真的不討喜。在這個世界裡，有些事說得，但做不得；有些事做得，卻萬萬說不得。前者是因為理智，後者則因為軟弱。謊言和隱瞞之所以存在，是因為這個世界根本沒有原本以為的那樣美好。

待我來到車庫，將車啟動，便在導航上設定起今天的路線，除去中午需要吃飯以及返程的時間，我還有七個小時，巡視五到七個案子應該是比較穩妥的。

將車開出車庫前，我順手打開了廣播。原本車上預設的是 10.64 頻道《城市滑稽聲音》，這節目在享受逗趣的同時，也能瞭解當前路況。

但可能因為這部車之前被別人用過，頻道變成了 95.3《自治新聞》。我最近對這方面沒什麼太大的興趣，如果說有什麼東西可以無聊了幾千年卻依舊讓大家熱衷的，恐怕就只有政治了。

只是一串資訊從音響裡傳出的時候，我的手指卻在調頻鍵上僵住了——

「今天上午九點，時隔十一年的複製人大遊行再次出現，時機之突兀，規模之浩大，讓人充滿意外，到了現在，因為市政府的沉默，現在市長官邸以及市議會已經被如潮的人海所包圍，複製人監察廳的大門甚至被激動的人群潑了難以洗去的油漆……」

為什麼這麼大的事我一點消息都不知道？

想到這裡，拿出自己的手機，按照自己今天要去的名單一個個撥打出去。

第一個……沒人接。

第二個……沒人接。

第三個……還是沒人接！

到底怎麼回事？

我的手開始微微發抖，繼續按照名單上的人名撥打電話。

一邊打，一邊略帶焦躁地等著電話那頭的回音，嘴裡喃喃念叨著「接啊接啊」。

也許是平常從來沒有求神拜佛，老天爺就不願在我這種沒太多敬畏之心的人身上花費什麼精力，第六通電話依舊沒有人接。

他們……不會都去了吧？

等等！如果那些複製人都去了……那我媽呢？

我猛地打了個激靈，消掉手機上第七通輸了一半的號碼，改打電話回家，在不安的等待中，電話終於被接起——

「哪位？」老爸悶悶的聲音從電話裡傳來。

「老媽呢？」

老爸微微一愣，然後說：「她剛才說今天有複製人的沙龍聚會，所以出去了……」

「什麼時候？現在能打電話把她叫回來嗎？」

「她好像忘記帶了，手機就在床頭，怎麼了？」老爸聽我的話，聲音頓時有些緊張起來，「出事了？」

「你在家都不看新聞的嗎？死宅男！」我忍不住罵了一句，「先掛了，沒時間和你說。」

「喂，等……」

我直接掛上電話，將導航上的路線全部取消，重新輸入目標地點的同時，將車啟動開了出去。不知道是因為心緒煩亂，還是和往常情況不同，我總覺得今天的路況特別堵。

過了大約十五分鐘，我不得不在距離市議會不到一公里的地方找地方停車。因為馬路已經被堵得沒有辦法行駛了，人潮越聚越多，如潮的人海在我的視野中聚集，並且不斷增多。

越來越多的人舉著藍白色的旗幟或者橫幅前進。

「取消針對複製人的特別監視制度！廢除複製人監察廳編制！」

「複製人應享有和普通市民同等權利！」

「反對歧視性專法！」

嘈雜的呼喊聲此起彼落，情緒已經漸漸激動的人群在我眼裡變得越來越危險，此刻我已經沒有辦法理會路邊不可以長時間停靠車輛，我只能先下車，徒勞地看著越來越多的人——她在哪？

家裡在市議會的東邊，如果她是從家裡直接來這裡，應該也是從這個方向進入的。可就如她那與世無爭的性子，這麼多年連和人吵架都不曾有的脾氣，為什麼會加入這場遊行？

我四處張望，如同自己所預料的那樣，並沒有看到母親的身影，於是便想要尋找相對高一點的地方觀察——

別慌，鄭修元，千萬別慌！就算是複製人，在如此龐大的人群面前，武力鎮壓也是需要再三考慮的事項，只要這些人不要做太激進的……

「啊——」

才剛走上天橋，擠進圍觀的人群邊緣，向遠處張望的瞬間，一聲淒厲的慘叫響起，甚至讓附近前進的人潮都停滯了一下。

我看到不遠處天橋連接電器商場的地方，店面玻璃碎裂一地，有人倒在血泊中，一位中年婦女呆站在店門口，臉色蒼白，手中拿著一把水果刀。

刀上……沾著血。

糟了。

不論倒在地上的是一般人還是複製人，這代表了矛盾的升級。我僅僅在尋找母親還是先管一管這件事上猶豫了一瞬間，就看到商店周邊的人突然圍了過去。

「憑什麼殺人？」

「一般市民了不起啊？可以隨便殺人了啊！」

「這些人本來就沒把我們當人看！」

隨後我就聽到那名中年婦女近乎失去理智的尖叫。「我沒錯，你們、你們遊行就遊行！砸店幹什麼！是他先砸我的店的！是……是他先砸我的……你、你們要幹什麼？啊！你們打女人啊！救……唔……救命……」

倒在地上的是複製人！絕對不能再出事！否則如果逼得市政府下達過激的應對命令，母親在這裡也會出事的！

我頓時只覺得頭皮發麻，咬著牙奮力跑了過去，同時大喊——

「停手！停手！冷靜！大家冷靜！」

我邊喊邊從胸口內袋裡，把那把一直不曾用到的「強制治療劑」掏了出來。

幸虧距離不算遠，那邊的人也沒有圍得水泄不通，我連推帶擠地衝進去，用力推開那些正在毆打中年婦女的人，可才拉開一個，我自己卻馬上被拉開，頓時不由得心急如焚，再次撲上去拉人。「你們是遊行者！不是強盜！不是強盜啊！別打了！你們是遊行！不是鬧事！」

人群微微一滯，看到這個景象的一瞬間，我的精神不由得一振，覺得這些人還是可以溝通，還沒情緒激動到沒有理智的地步。

可還沒等我說出下一句話，就感到身後猛地被人推了一把，把我一起推到了那個已經有些神志不清的女人前面。

我轉頭一看，發現一張張略帶冷漠的臉龐，而那些暫時停手的人也看向我。

「你不是複製人。」

沒等我回話，緊接著又一句——

「你來這裡幹什麼？來阻攔我們的嗎？」

糟糕。

這充滿危險氣息的問話，讓我立刻意識到了這已經不是自己能不能救別人的問題了。現在首先要做到的事，是沐浴在這些人充滿敵意的目光下，卻依舊可以保全自己。

不要辯解，不要跟著他們的問題走，不可以陷入他們的問答節奏。憤怒者想的只有憤怒，不平者想的也只能是不平……

現在就彷彿一堆炸藥桶圍著我，問我要火星——真老老實實給他們就死定了。

我感到自己的額頭不知何時有了冰冷的汗水，呼吸的頻率在意識中沉重而緩慢，心臟在胸腔裡有力地跳動。必須要先否決他們的思考方式，但也必須貼合他們此刻狀態下的利益。

一定有的，冷靜下來，修元，一定有適合切入的角度。

心思電轉之下，毫無頭緒，可就是隱隱能夠感覺到那個關鍵點呼之欲出，隨後一抹嫣紅的色彩映入眼簾，我心中頓時透亮，同時暗罵自己竟然忽視眼前的事物。

「先救人！先救人啊！立刻叫救護車，至少把他抬到可以上救護車的地方去！要維護權益什麼時候不行？」我指著那個已經倒在血泊中的複製人，「如果連你們自己都不看重自己的命，還有什麼資格要求別的？」

「假惺惺的，還不是因為害怕？」人群中擠出一位穿著黑夾克的中年人，他哼了一聲，不過還是招呼人群讓出一條路。「讓開一點，這裡有人受傷！有沒有當過醫生的？先過來處理一下！叫救護車。」

還好，並不是完全沒有理智。

正當我在心裡這麼微微地鬆了一口氣後，卻發現那個中年人以及旁邊的人依舊緩緩圍了上來。

「等等，別衝動！」

「衝動？你為什麼不問問你背後的女人，她之前有沒有衝動啊？」

「但……」

我還沒說完，就聽到身後傳來女人歇斯底里地尖吼，如同指甲刮過玻璃那般刺耳而瘋狂：「是他自己過來的！是他自己氣勢洶洶地衝過來的！他要砸我的店！我是自衛！這要是在美國，哪怕是一般人！死了也白死！何況……何況他……」

糟糕！

「閉嘴！」我忍不住回頭朝那個喪失理智的女人說了一句。

「……何況他是個複製的廢物！」

空氣彷彿一下子凝固起來，所有人的呼吸聲驟然變得無比沉重。

隨後火藥桶就炸了。

「揍她！」

「弄死她！媽的！」

完了。

我心中一片冰涼，當下再無僥倖，從懷裡掏出從來沒有用過，我也希望永遠用不上的東西……

將強制治療劑的槍口對準了為首的中年人，這類似槍械的造型讓周圍人微微一滯，我心中忍不住感謝強制治療劑的造型是一把手槍，多了一種無形的威懾力。「拜託冷靜一點，我不想扣扳機。」

中年人臉上神情已然有些難看，但卻不見驚慌，只是略帶陰冷地看著我。「我原來是當警察的，也配過槍，但就沒見過你手上這種，你唬誰呢？」

如果真的不相信，就該一聲不吭的撲上來……他還是害怕我手中的是真槍，不能讓這些人知道我手裡的槍並不致命。

也許是因為他的話讓一些人安心了，在我左側的一位年輕人面色凶狠地撲了過來。我不假思索地對他扣下扳機。

沒有任何槍聲鳴響，這個人便一下子失去了渾身的力氣，滿臉驚訝和痛苦地倒了下來，迅速失去知覺。

我板著臉，盡可能讓自己的聲音低沉而充滿力量，「這是針對複製人研發的武器，連子彈的限制都沒有。」

「竟然連這種東西都開發出來了，他們這是要把我們趕盡殺絕啊！」中年人滿臉仇恨地看著我，他向周圍的人說道，「幸好我們今天來了，否則再拖下去，恐怕就一點希望都沒了！」

「你們可以遊行，也應該取得那些基本的權利，我也認為你們應該擁有那些東西，但請務必遵循正常的方式，至少不要做遊行禁止條例中的行為，你們是交涉，而不該是政變……」我握著手中的槍，將槍口對準周圍的人掃了一遍，每個被我點到的人都忍不住往後退或者緊張地僵在原地。「你們應該很清楚，如果是政變，你們一點勝算也沒有！都是成年人，思考理性一點！在遊行中你們所表現出來的態度，將直接影響你們是否可以得到應有的權利！你們禁不起失敗，這次的遊行必須是正面的！否則……你們還剩下多少東西可以輸？」

也許是因為我手上那類似槍械的強制治療劑，讓他們在短時間內強迫自己冷靜，並沒有衝上來，但空氣裡卻依然填滿了冰冷和疏離。

因為我是一般人，不是複製人，在這個角度上，恐怕我說什麼都有著一股別有用心的味道。

但是沒關係，手上的強制治療劑有著威懾力。

而威懾力，會讓他們從沒有耐心的憤怒，變為想要擊倒我的思考模式。不管是生理上，還是精神上，他們應該都會想要把我壓下去。

「油嘴滑舌，你……」還是有人忍不住憤怒地向我踏前了一步，我不敢冒險，直接對著他扣了扳機，然後將槍口移開。

眼角餘光看到那個人軟倒在地，我暗自說了一聲抱歉，同時對其他人問道——

「你們是來發洩的，還是來遊行的啊？」

這話說得擲地有聲，可是我知道握著強制治療劑的手心已然冒汗。

第二章 失控的人們，若嵐的冷酷

「你這種一般人，也來假好心什麼？」

「我的母親也是複製人，我發誓我希望這次的遊行可以成功，但我更希望你們可以平安無事地離開這裡。」我瞥向那名神情中滿是忌憚，卻又掩蓋不住憤慨的年輕男子。「我相信你們的家人也是一般人，難道你們的家人，在你們眼裡和那些一起迫害你們的人是一樣的嗎？」

空氣中不友好的氣氛似乎淡了一些，我心神微微一定，「複製人並不孤獨，就像現在，你們的家人應該有人已經在趕來的路上，甚至已經到了這裡……」

等等！

我突然覺得有些不對。

為什麼沒有？為什麼沒有人接電話？

這麼多人在這裡，按理來說，他們的家人應該會瘋狂地打電話給他們才對。

這一路走來，我沒看到有任何一個人拿出手機過。

難道和我家一樣……他們所有人都沒有帶手機嗎？

這不可能是巧合！所有人都沒帶，只說明一件事——複製人中有領導者。

只有這樣，才能讓這麼多複製人在同一天舉行遊行！只有這樣，才可以讓所有參與者都遵守不帶手機的規則！

是奧米勒斯教！

可是他們到底是怎麼傳遞消息的？僅僅是憑那幾封意味不明的病毒郵件嗎？可是，這麼多的數量……難道這些參加遊行的人，全都是奧米勒斯教的成員？

這不可能！一定還有別的花招才對，一定有很大一部分人是無端被捲入的。

可到底是怎麼做到這些事的？而且目的又是什麼？難道僅僅是為了爭取權益嗎？用這麼多複製人去冒險？

我又想起了那天在地下車庫看到的畫面，若不是目前的情景實在不合適，我幾乎就要忍不住立刻打電話給若嵐了。

她到底要做什麼？

驀然，廣場上的公共擴音器響了起來——

「請停止阻塞道路、攻擊無辜人群、毀壞公共以及私有財產等行為，如有需求，請按照正規合法程序申請，請在中午十一點前離去，否則將採取強制措施。」

「強制措施？他們想幹什麼？」

人群頓時嘈雜起來，憤怒和不安在冬季的溫度下變得格外讓人難以呼吸。

可我卻覺得渾身上下如同被一盆冰水澆下，從頭頂心一直寒到了腳底板。怔怔地盯著天橋下面的公共擴音器，原因無他——這個聲音，和若嵐一模一樣。

她在這裡！她就在這裡！

她把這些複製人召集過來是為了什麼？難道只是為了毫無功用嗎？這次遊行還沒有任何成果，這是為什麼？

正當我心亂如麻不斷思考的時候，我聽到了某種由遠而近的聲音，忍不住和其他人一樣向天空看了過去，是直升機！他們要幹什麼？

公共擴音器不斷反覆播放之前的話語，似乎因為是預先錄好的關係，語調和聲音都沒有什麼變化。

「我們不能走！這是我們唯一的機會！」

「不能對暴力低頭！」

「唉，等會，我先去下洗手間。」

周圍亂哄哄的，我下意識地看了一眼對面大樓上的電子鐘，上午十點三十二分，然後再看向那幾乎一眼望不到邊的人群，忍不住心裡發顫。

這不是空曠的大街，就算要走，半個小時都不夠，這麼多人，哪裡來得及？

一個小時夠不夠都是問題！

不行，必須先找到我媽！

氣氛變得更為可怕，但好在因為廣播的關係，他們的憤怒有了新的方向，開始快速地向市政廳湧了過去。我見暫時安全了，便轉身往大樓內走，期望能夠爬上屋頂，不管是做標記也好，還是找人也好，都會方便得多。

隨後發現自己被之前保護的婦女抓住了肩膀和手臂。

「你是員警吧？別走啊！保護市民和市民財產是你的工作吧？保護這裡別讓他們過來啊！我在這裡投資了好多……你不能就這麼……」

「我不是員警。」我急著想要離開，心中也對這個不知好歹的女人有些厭惡，左手往肩膀一抹，右手一甩，想將她的手甩開，卻發覺她抓得死死的。

「你都有槍你還不是員警？你別騙我！」

也許因為驚嚇，她失去了基本的判斷和思考，之前說錯話，現在聲音也是歇斯底里的，一抹劉海從她眼前凌亂地垂下，露出三分癲狂，這讓我一下子火了起來。

穿戴亂七八糟，頭髮也不好好打理，剛才說話還不知死活，差點沒被她害死……我剛才救的就是這種傢伙嗎？

真的一點都合不來，簡直沒法忍！

「妳如果不放手……」我直接掏出強制治療劑，對準她的腦袋，冷冷地對她說道：「我還沒對著一般人打過，妳要不要試試？」

她頓時神情大變，雙手如同觸電了一般猛地縮回，後退一步，哆哆嗦嗦地指著我，「你你你要幹什麼？瘋了啊？」

見她放手，我便一言不發轉身，迅速跑向電梯，按了幾次之後，卻發現電梯慢得一塌糊塗，我只好從手扶梯那裡跑上去。

生活用品是在哪一樓？

我一邊跑，一邊看手扶梯上面的標識，然後在四樓停了下來，迅速找到販賣布料的店家，我對著櫃檯後滿臉警惕的中年男子問道：「我要買布，便宜點的那種，顏色要淺的，最好是白色。」

中年男子一愣，然後如同看瘋子一般地看著我，「今天我可沒法子做生意，我現在只是在看店而已……不過你還有心情到這裡來買布？走啦，別妨礙我看熱鬧。」

說完這句，他就一臉嫌棄地往窗外看去，還掏出手機一個勁往下拍照。

「拜託，救人如救火，能不能想想辦法？」說到這裡，我又補了一句，「價錢好商量。」

不知道是因為我的焦急，還是因為後面補充的那句話，中年男子轉過身，猶豫了一下才問，「……大小規格？」

「就像下面那群遊行的橫幅差不多就可以了，長度要二十公尺，給我三份。」

「那你等著。」

我等了大概兩分鐘不到，他便拿了一大捲帶有花紋的白色布匹出來，往我面前一放，撇了撇嘴說：「這些桃皮絨放這裡挺久了，沒什麼人氣，你要的話，我便宜點賣給你……給你打個七折吧。」

竟然不是黑心商人？真意外。

中年男子可能是從我的目光中感覺到了什麼，略略惱羞地罵道：「你那什麼眼神啊，嫌便宜啊？要不要再漲漲？」

嗯，不僅不黑心，還是個和他粗豪畫風嚴重不匹配的傲嬌。

雖然情緒緊張，但碰到這麼一位老兄讓我感覺到心口微微一鬆，連忙致歉，

「呃，請問，你這裡有馬克筆之類的嗎？哦，再借我一把剪刀。」

他瞪著我：「你事怎麼那麼多？行行行，下午五點我下班前還給我喔。」

然後他一彎腰，便把東西一個個重重地擺在桌上，一臉的不耐。

態度雖差，但我也不由得感激這位面惡心善大哥。

「謝謝！我先拿一份，一會兒我下來拿別的！」我付完帳，抱起布匹轉身就跑，畢竟量比較大，拿太多恐怕會影響行動速度。

因為是平日，整棟商場裡的客人並不多，再加上今天發生了這樣的事。上了頂樓天臺，發現上面有不少人，但好歹還是有些空位。

我把布匹迅速攤開，同時心算著自己要的字數——孫嫻請盡快與修元取得聯繫。

算上標點一共十三個字，我皺了皺眉，隨後將布匹展開，從中間畫一條線分割，將布匹分為兩個部分，隨後在兩邊的中間繼續畫線分割……

分出了十六個空格後我停下來，把布匹轉向，在開頭空三格後，將之前那句話由上到下寫了上去。做這些事的時候，周圍有部分人好奇地打量我，布匹攤開時，他們還很自覺地避開……

我一邊大聲道謝一邊寫，最後我擠進欄杆的邊緣，將手中的布匹往下一抖——這樣一來，遊行大道只要抬頭便可以看到這塊布上的字。期望能看到。

「喔，還有這一招，我也去買！」

看到我的做法，許多人也急急忙忙地下樓。顯然，和我一樣處境的人在這裡非常多，他們都來這裡找自己的親人了。

同時，也再一次確定——複製人們真的都沒有帶手機。

我連忙將布匹上方固定下來。必須盡快去樓下把剩下的布匹拿走，到別棟高樓懸掛，一來能增加曝光的機率。二來……

這個方法用的人越少才能把效果發揮到最大。隨著時間的流動，想到這個方法，和我一樣去做的人只會越來越多，那麼大樓上懸掛的資訊也會增加，閱讀相對變得不利。

同時，一旦我離開了這裡，那塊公告布匹也很有可能被人扯下來增加其他布匹的曝光率……至少，被新的公告覆蓋幾乎就是可以預見的事。

在這種時候，絕對不能心存僥倖，別看之前那些人在我寫字的時候還很客氣地讓開，可等他們反應過來……為了親人的安危，還有什麼做不出的？

待我拿了剩下的布匹後，便出了商場，我往前衝了大概兩百米，便不得不因為體力的消耗而慢了下來——沒有辦法，街上的人實在太多了。

等我擠進另一棟電器商場，距離十一點只剩下十五分鐘，看樣子第三塊布匹不一定來得及了，而在前往頂樓的途中，我的手機響了起來。

我欣喜地拿起手機，卻發現顯示的是父親來電，不由得有些失望，但我還是把電話接起來。「喂。」

「我找到你媽了，她現在跟我在一起。」

多年宅在家裡的老爸竟然出門了……他到底是怎麼做到這種事的！

一瞬間，我只覺得渾身失去了力氣，雖然明知道遠沒有到可以安心的地步，可必須承認，當我父親那平靜的聲音說出我目前最想聽到的事時，我才發現自己並沒有多堅強。

我從樓梯口靠著牆緩緩滑坐而下，喘著氣，拿著手機的手有些顫抖。「嚇死我了，你怎麼找到她的？」

老爸極為臭屁地哼了一聲，「廢話，她是我老婆，我當然找得到。」

「那你們現在在哪?」

「在大衣櫥商場四樓的男廁裡，時間不夠我們離開，所以我們還是在這裡先躲一躲。」老爸說到這裡，頓了一頓才繼續說道：「你如果現在離我們太遠，就別過來了，等風波平息了你再來找我們……別擔心，目前我這裡還算安全。」

「那就保持通話，手機電夠嗎?」

「我身上有五個行動電源呢，我至少可以在這裡待上四十八……喔，現在是四十七小時二十八分了。」

有整有零的數字聽著真不順耳，有點沒法忍，而且話說回來——

「五個?你也帶太多了吧?」

「我還帶了電腦，在來的路上，入侵了這條街道上所有大樓的保全系統，把附近所有的廁所全部都鎖上了，因為是市中心，設備都不錯，都是系統控制的電子鎖……幫了大忙。」老爸平靜的語氣讓我忍不住倒抽了一口氣。「算了算時間，應該已經有一個小時了吧。」

我聽到這句話微微一愣，隨後想起來，一些便利商店確實排了不少人，讓我剛才行動時頗為不便，一開始以為是今天人多生意好……但看來是因為有些便利商店的洗手間不是電子系統控制開關的？

「老爸你幹這種缺德事幹麼？」

「你說，到底是尿尿這種事重要，還是遊行重要？」老爸的聲音雖然平靜，但我卻感覺到了其中的森然和憤怒，「誘拐老婆把我從家裡逼出來……就當禮尚往來了。」

聽到這句話，我又往上走了兩步，上了樓頂，然後從護欄處往街外望，發現還真有不少人就這樣離開了。有人會因為害怕而離去，但一定也有人因為……這種事離去吧？

而且比起沒有勇氣逃跑，上廁所解決生理需求暫時性撤退這種理由，雖然尷尬，但免去了人格上被人鄙視的風險。人類的勇敢往往源於對失去的恐懼。

一旦逃跑的行為變得情有可原，又有多少人會留下來呢？而這些逃跑的人中，又有多少是真的有生理需求呢？

畢竟……沒有人可以透視大腸和膀胱。

一場戰爭，如果沒有督戰隊，如果沒有軍事法庭，又會有多少人勇往直前呢？況且，雖然看上去群情激憤，但終究這個遊行是存在幕後首腦的。

　　而這個幕後首腦下達的指令也十分有意思——讓所有複製人都不攜帶通訊設備。

　　這代表什麼？

　　這代表，他害怕複製人被親人勸阻後離開。也就是說，在這件事上，他雖然下達了指令，但他對所有複製人的約束力是不足的，甚至只要是我父親或者我這樣的親人出現，就可能對遊行造成影響。

　　指揮者在這件事上的信心嚴重不足。他只能偷偷摸摸地聚集複製人遊行，而人這種生物，一旦聚集起來之後，除非遭遇迎頭痛擊，是不存在冷靜思考的。

　　他們只會覺得自己光芒萬丈，無所不能。他們會忘卻自己只是提線木偶的事實，他們會忘記自己被迫參加這次活動的事實，而在這一次的遊行裡全心投入。

　　就算他們的親人來了，又能如何？他們的親人能在人山人海之中找到自己應該找的人嗎？就算找到了，那些人難道不會反而被複製人群體影響然後一起參加遊行嗎？

　　就像我一樣……雖然我覺得有點不對，但從頭到尾，我並沒有做出阻礙遊行的行為。

因為我由衷的期望，這次遊行的結果是良好的。

但是，這些情況，在某個中年宅男怨念爆發下，很詭異地出現了新的變化……甚至讓原本神聖的遊行運動，散發出了一種洗手間芳香劑的味道。

想想都尷尬！

也許是渾身出汗後，因為氣溫的關係冷了起來，我忍不住打了個哆嗦。

惹不起惹不起！

控老婆的死宅男惹不起！

如果不是要求十一點前疏散人群，恐怕這次遊行真的……等等！

所有的洗手間被強制上鎖，這件事，難道那些人不知道嗎？不對！這不可能！可這樣一來為什麼……

我的思維到這裡停住了，心中的恐懼不斷的開始放大——

難道說……

我望向下方在街道上擠得滿滿的人群，心臟彷彿要從胸腔裡跳出來。

他們從一開始……就是棄子？

「嚐……嚐……」

從遠處的市議會大廈傳來了鐘聲。

十一點了。

與此同時，我視野的餘光處出現了藍色的光芒，我呆滯地看向那裡——是直升機。

「住手……」

「什麼住手？」老爸聽到我的喃喃自語，不由得追問道。

但我卻沒有心思理會他。

光芒越來越盛，直到遊行的民眾似乎也注意到了這個，而我周圍的人也開始疑惑，「那是什麼？」

「嗡——」

頻率極其古怪的聲響驟然出現，如同在包廂裡麥克風不小心對準了音響一般，讓人不適而壓抑。

「住手！」

我再也忍不住朝天空那架直升機怒吼。

大街上的人潮，如同被收割的麥子一般，整齊劃一地倒了下去，並不斷擴散，成為這世上最奢侈也最恐怖的多米諾骨牌。

「孫嫻！孫嫻！怎麼了？妳醒醒！」

父親緊張的聲音從電話裡傳來，在震驚之中的我還來不及追問，便看到了——

如同噩夢一般的場景。

我的手一鬆，手機落出護欄外，從六樓樓頂掉了下去……

不知道是不是我剛才的聲音很大，還是因為那直升機上的人與我心有靈犀，總之，我看到直升機門口出現了一個人。

穿著一套我從未見過的黑色皮衣，勾勒出她曼妙的身姿，長髮隨著狂風舞動，隨即，她神情淡漠地看著下方成片倒在地上，只零星站著幾個人的場景。

這個表情，我無比熟悉。

從我第一天進公司，我就一直在熟悉這張臉，這張表情。

但此刻，我卻覺得無比陌生。

我的心臟宛若被又狠又準的劃了一刀，還來不及感到疼痛，鮮血便迅速流出，帶走了溫度，同時在心底發出了一聲感嘆——

啊……今年的冬天，真的是冰冷徹骨。我出生以來，還從未遇見如此寒冬。

好冷。

冷到我嘴脣發顫，聲音發抖。

「若……若嵐？」

僅僅是望了下面街道一會兒，她便轉身退回機艙。

尖叫、哭喊響徹天地。

那些應該是來這裡尋找複製親人的一般人。直升機上的裝置針對的只是複製人，對一般人沒有影響。

我身後突然傳來了一道漠然的命令——

「警察！請立刻從這裡離開。」

我轉身，發現從樓梯口不斷湧上來一堆帶著盾牌還有警棍的鎮暴警察。

他們所有人都戴著頭盔，如同防範著犯罪分子一樣防著他們的納稅人。我周圍還有一些人，我聽到其中有些人在哭喊，如同瘋了一般地擠過警察衝下樓去，期間還叫著那些我不知道的名字……

「你們這群劊子手！」

也有人怒吼一聲，衝了過去，但很快便被盾牌擋住，甚至被連撞了好幾下，倒在地上，而那些員警竟然順勢就壓了上去，制伏那些攻擊的人。

很明顯，他們早就得到了命令，可以允許有限度的還手。

複製人的遊行，終究還是讓市政府起了強烈的危機感嗎？

「警察打人啦！」

「我要把你們的惡形惡狀ＰＯ到網路上！」

憤慨的人拿出自己的手機開始拍攝，但當他們發現員警圍了上來的時候，不由得有些驚慌，本能地把手機往懷裡收。「你們要幹什麼？」

「請離開這裡。」為首的鎮暴警察隔著透明的盾牌，盯著我們說：「這裡已經被管制了，請配合我們的工作，順序離開這裡……不要讓我們為難。」

「人都給你們殺死了那麼多！還有臉說為難？」

「他們沒有死，只是暫時性的休克。」鎮暴警察說到這裡，語氣微微緩和了一些，「現在全市的大部分警力都正往這邊集中，會全力救治這些人，如果你們有親人在下面，盡快到下面登記，這樣應該能夠比較迅速找到屬於自己家庭的複製人。」

這倒是不出我的意料，如果殺了數以萬計的複製人，恐怕不是任何人願意見到的，即便是反對複製人制度的人也是一樣——影響太惡劣了。

「……」鎮暴警察的解釋，總算讓不少人冷靜了一些，知道情況後，他們雖然不滿，依舊罵罵咧咧的，可最終還是乖乖地下了樓。

我本來也想下樓，但當目光掃過頂樓某處地面，發現一個黃色的大圈，中間有一個白色的H字樣時，心中一動，腳步也不由得停了下來。轉頭看向天空的直升機，看上去沒有要離開的樣子，還是在原處懸停著，螺旋槳旋轉的聲音遙遙傳來，卻再也看不到上面的人。

雖然有些擔心母親，可一來手機已經掉下樓，肯定摔壞了；二來……我覺得自己不能再逃避某些問題了。

可能因為我一動不動，也沒有說話，鎮暴警察將目光看向我：「先生，有什麼問題需要幫忙嗎？」

他說完這句話，旁邊的鎮暴警察便緩緩地圍了上來，顯然，如果我有什麼過激行為……他們就會「幫幫」我。

「那架直升機，是要降落在這裡吧？」我指了指樓頂的停機坪問道。

鎮暴警察的眼神驀然一冷，「這與你無關，先生，請立刻離開這裡。」

「我認識上面的人，我需要和她談談，如果她拒絕交談，我可以走，絕不給你們添麻煩。」

聽了我的話，可能是真的想減少衝突，所以他猶豫了一下之後，還是點了點頭。「記住你的話。」

「謝謝。」

我跟隨鎮暴警察們退到一邊，聽到螺旋槳在空氣中旋轉的聲音逐漸變大，原本寒冷的冬風變得更為狂暴，我忍不住瞇起眼，再往後退了兩步。

這兩步，彷彿再一次拉遠了我和那個女人的距離，我看到她神情漠然地從直升機上下來，掃了周圍一圈。她的目光和我交會，眸子裡卻如一潭死水般波瀾不驚。

她看到我了，卻什麼話都沒有說，甚至連驚訝的情緒都不屑表露，直接便向樓梯口走去，在她從我眼前走過的瞬間——我忍不住了。

「妳是不是該給我個解釋，若嵐！」

她停下腳步，轉過身看著我，表情有些奇異，但我看不懂她臉上的情緒，只見她用一種很莫名的語氣詢問，「解釋什麼？」

我突然覺得有些不安。
我好像從未認識過這個人……
「為什麼要做這些事？」
若嵐挑了挑眉，突然對周圍其他人說道：「可以給我們一點私人空間嗎？」
她這句話一出口，為首的鎮暴警察便點了點頭，對周圍的同僚說了聲，「去樓下。」
待鎮暴警察離去，整個樓頂只剩下我和若嵐兩個人。
「『為什麼要做這些事？』你指的是什麼？」若嵐的神情似笑非笑，她好像對面前的事態沒有一點來自良心上的壓力。
我忍不住大聲問著，用顫抖的手指了指周圍：「妳在裝什麼傻？妳沒看到眼前的這些嗎？」
「你很奇怪啊……」
我聽到這句話，微微一愣。
「你為什麼可以擅自認定，我是一個不可能『做這些事』的人呢？」
如同戲弄內心、折磨靈魂一般的字句，讓我突然感覺到了一股巨大的疲憊……

「我本來不喜歡這份工作的。」

「……」

「我本來想進的是銷售部門，而不是什麼該死的人生售後服務部！」

「……」聽到這句話的若嵐，神情微微一變。

「是妳讓我在被這份工作折磨的同時，卻也離不開這裡的，可現在妳怎麼變成這樣了？」我向她走近了一步，距離近到我可以從她的瞳孔中看到自己的倒影，我緊緊盯著那雙眼，「妳以前問我『你要保護的是他們的命，還是自己的良心？』，現在我想問妳，這次……妳到底保護了什麼東西？」

若嵐聽我說的話，突然呵呵笑了起來。她真的很少笑，但這次她笑了，可笑聲中我卻聽不到絲毫快樂的情緒，甚至，我聽出了一絲隱藏的癲狂。

「你告訴了我一件很重要的事呢。」

「……？」

「做為感謝，那我也告訴你一件事吧。」若嵐湊了過來，她的臉靠近我的耳邊，近到幾乎可以聞到她身上淡淡的香水味，旖旎的距離，她吐氣如蘭地在我耳邊說道——

「你所認識的『若嵐』，從最開始，就不存在，你被騙得很徹底啊……」

她的語調前所未有的溫柔，詞句卻堪稱狠絕。

我整個人僵在原地，之前原本想像過無數種若嵐的回應，每一樣都和我腦海中若嵐的形象不匹配。可現在擺在我眼前的，卻是我從來沒想過的荒誕。

「你從來沒有懷疑過吧？畢竟是近在咫尺的人，熟悉了以後，一切的資訊就好像是天經地義的定理一般，不容置疑。不過，我們兩個都差不多呢，有一個詞來形容這些很貼切——燈下黑。」

第三章 藍白的信封，真相的斷片

若嵐說完那些話就轉身離去。手機如同意料中的一樣摔壞了，撿起來後，我急急忙忙地趕去大衣櫥四樓的廁所，卻發現父母都已經不在了，於是我失魂落魄地下了樓，想在趕來的員警那裡登記自己的名字，看看有沒有母親的資訊。

我聽到遠處傳來撕心裂肺的哭喊聲，看向那個方向，發現那裡圍著大量的員警，不由得有些奇怪，想著自己也需要向員警借一下手機聯繫老爸，於是就走了過去。

「你們這群劊子手！嗚嗚！」

「你還我妹妹！」

「……」

哭喊聲此起彼落，空氣中蘊含的濃郁悲傷和絕望讓我感到意外。只是昏迷而已，有必要這麼誇張嗎？不是應該加緊尋找和救援？畢竟天氣寒冷，休克狀態下會不會出現不好的情況實在不可預料。

於是我加快步伐，向周邊的員警詢問。

一問之下……卻讓我傻在原地。

「……你說什麼？」

員警拿著行動電腦，一邊在上面做表格，一邊說：「……出了意外，直升機上的『對複製人鎮靜器』好像出現了操作失誤，距離最中心的複製人，死了很多，看現在這個趨勢，大概要超過一千人了。」

「操作失誤？這怎麼可能呢？」我不可置信地瞪大了雙眼，隨後我回身看了看離這裡不遠的大衣櫥商場，「員警先生……我希望查詢一下是否有我認識的複製人在內。」

員警抬頭看了我一眼，點點頭。「把複製人編號給我，我看看目前的死亡名單裡有沒有。」

「LM00248。」

員警搜索之後，輕輕吐出一口氣。「目前還沒有這個號碼，可能沒事。」

「可以借我用一下通訊設備嗎？手機或者電腦都可以，我的手機剛才丟了，我想要聯繫家人確認。」

「當然，請用。」他沒有猶豫，直接掏出自己的私人手機。

「謝謝。」

「發生這種事，應該的。」員警也是一臉同情，嘆了口氣，「好好的安穩日子啊……唉……」

我瞥了他一眼，沒有多說什麼，走到一邊，打通了電話，一陣撥號聲後，父親的聲音傳了過來——

「修元？」

「是我。」

「之前怎麼聯繫不上了？」

「對不起，我不小心把手機摔壞了。」我很慚愧地道歉，在那種時候失去聯繫實在是一件不應該的事，「……比起這個，媽她……」

「在醫院裡了，昏迷中，不知道什麼時候醒來，但醫生說應該沒有生命危險……」這話讓我放下了心中的大石，可父親的話隨即讓我心中一跳。「關於今天的事，你事先沒有一點消息嗎？」

「沒有，怎麼了？」

「幸好在廁所裡，而且沒有窗戶，效果弱了點，否則我現在應該在停屍間看你媽了。」父親的語氣平靜，但我卻覺得父親已經快到了要爆發的邊緣。「『對複製人鎮靜器』？這根本就是對複製人型ＥＭＰ，廁所裡的電燈泡閃都沒閃，你媽就倒下了，從技術方面來看……這玩意可不是繞過第二人生的協助就可以完成的東西。」

「你是說……」我的心口一緊，下意識地看了一眼天上，好像那架帶來噩夢的直升機還懸停在半空中一樣，「有公司裡的人參與？」

「如果不是準備用，砸那麼多錢弄出這種東西給誰看呢？」老爸說到這裡，向我問道：「所以，會做這種事的人，你有什麼頭緒嗎？」

我腦海中浮現了若嵐那冷漠的表情。

張了張嘴，澀聲說道：「……我不知道，我回公司問問看。你把地址給我，我一會去過公司就去醫院。」

「沒有預約的話，你不能進去。」擋在我面前的劉祕書拿著咖啡杯，站在辦公室門口。

「如果要預約，要什麼時候？」

「嗯，這幾天恐怕都不行，出了這些事，專務的行程都排滿了呢。新任董事長在近期也要選出來，他會很忙。」

「新任董事長？」

「老董事長在一個星期前確認失去生命跡象，拖延療法也沒有施救的餘地了。」

我看著面前這個女人，見她漫不經心地看著自己的咖啡杯，連瞥我一眼的興趣都欠缺，忍不住出現了一絲疑慮。「是不是專務不想見我？」

「抱歉，我沒有辦法回答你的問題，不如下次你親自問他？當然……你得先預約。」

我和這位劉祕書的關係並不親近，雖然說她是林蕭然的祕書，但我有些時候真的會感到奇怪，林蕭然為什麼要挑她當祕書呢？

做為林蕭然的貼身祕書，某種程度上她真的是清閒得可以，我上來找林蕭然十次裡有七八次只看她低頭玩手機，甚至當著林蕭然的面，她都可以很理所當然地玩下去……

當然，做為社會人，我也不會天真到認為所有人都是靠工作表現來贏得競爭工作的，尤其是劉祕書的形象也算是靚麗，身材更是好到爆，再加上林蕭然單身的狀態……

可是她對林蕭然一向不假辭色，她永遠只守著林蕭然的辦公室，也從來不跟林蕭然出去辦事，而林蕭然偶爾笑嘻嘻地調戲也會被她毫不留情地無視。

在公司裡，她和所有人的關係不近也不遠。

所有人都知道她，可所有人都不瞭解她。聽許渝媛說，公司裡以前並不是沒有人追她，但到現在為止，似乎對於劉祕書的瞭解，也僅僅是知道她叫劉再升，聯繫方式也只有公司的桌上電話。

真的是一個很古怪的人，男子氣的名字，和所有人疏離的關係，還有那彷彿混吃等死的工作態度……

話說回來，雖然形象很好，但真的沒什麼存在感。如果要做一個比喻的話，就是那種舉辦同學會，拿聯絡簿找人時，不由自主會忘卻；但當同學會結束後，卻讓人突然想起來的人。

我坐電梯回到自己的樓層，看了一眼若嵐的辦公桌……她還沒有回來。

「渝媛。」

「嗯？」

「妳看到若嵐了嗎？」

「出去了吧，今天出了這麼大的事，哪裡還……話說你為什麼還能回來？今天事情應該挺多的吧？」

「出了點問題，渝媛，妳可以聯繫到若嵐嗎？我手機壞了，麻煩借一下。」

「嗯？你也會有這種失誤哦？看來今天真的很麻煩。」許渝媛驚奇地看了我一眼後，便掏出自己套著無尾熊殼的手機，在上面輸入密碼，撥出若嵐的號碼後直接把手機交給我。

我道了聲謝，將手機放在耳邊，聽了一陣鈴響後，卻發現手機沒有人接，於是又按了重撥鍵……

奇怪，為什麼不接電話？以若嵐的行事風格，即便難堪，也不會用這麼軟弱的方式來逃避才對。

「你所認識的『若嵐』，從最開始，就不存在，你被騙得很徹底啊……」

我突然想到若嵐方才在我耳邊的低語，這才反應過來，胸中忍不住騰地一股火冒了出來。

這麼長的時間，都是假的嗎？

我忍著怒氣，向公司請了半天假，雖然在今天這種狀態下，主管顯然不是太情願，可聽到我母親因為這件事也住院了，倒也不好說什麼。

下午三點差一刻，我在自治仁愛醫院四樓的 042B 病房找到了躺在病床上的母親。

蒼白而無血色的臉頰，眉間沒有一丁點的恐懼，安詳的表情讓我放心了一些。父親在母親的旁邊，他很可笑地坐在一張小板凳上，把自己的電腦放在椅子上，正聚精會神地看著電腦螢幕，他嘴上咬著袋裝草莓牛奶的吸管，如同叼著菸一般的中年人，皺著眉，思索著什麼。

聽到我進來的腳步聲，他頭也沒回，咬著吸管含糊不清地說了一句：「買點草莓牛奶上來。」

「……我才剛過來，你就不問問？」

「買了再問。」某位中年死宅屁股都不挪一下的，近乎蹲著的坐姿，看著分外可笑。「不然口乾。」

「我已經買過來了。」

蕊兒的聲音驀然從病房門口響起。我愕然地轉過身，發現她穿著一身高中生制服，手上提著一個塑膠袋，看形狀，裡面好像都是喝的。

「還是蕊兒貼心。」老爸滿臉欣慰，然後嫌棄地看了我一眼，撇撇嘴。

算了，不和這個死宅計較。我搖搖頭，往蕊兒那邊走了過去，然後伸出手，想要把她手上的塑膠袋接過來，同時說道：「蕊兒，妳請假……」

我僵住了。

蕊兒避開我的手，滿臉陰沉地從我身邊走了過去，然後把袋子交給父親。

她怎麼了？

「蕊兒，妳怎麼了？」

「我還想問你呢！」蕊兒紅著眼回頭瞪了我一下，「媽媽變成這樣，你就不打算說什麼？」

我一頭霧水，心中本能地有點慌亂，「妳說清楚啊，到底什麼意思？」

「你是做什麼工作的？」

「……」

「要是別的公司，我不說什麼，可那家公司是你自己要進去的，你本身就是幫助像媽媽這樣的人的，可你幫到了嗎？現在別說幫忙了，一點提前的警示都沒有！出事的時候，我連你的電話都打不通！還好爸爸在……哼！」蕊兒氣得渾身發抖，眼淚止不住地掉下來，而後她倔強地擦了擦眼淚，一彎腰就抱住了躺在床上的母親，「你……你難道要媽媽再死一次嗎？這一次，出事了可不會再回來了！沒了就真的沒了！」

我感到了來自精神面的窒息。

蕊兒來自童年的陰影，從那其中誕生的恐懼，我再清楚不過。

有些東西，失去之前能夠「知道」珍貴，而失去之後，能夠「體會」到珍貴，可如果失而復得……便會恐懼下一次的「失去」。

就和傷疤一樣，當短暫的疼痛被治癒後，便留下痕跡。

傷疤，便是恐懼。

失去一次母親的傷疤，能在內心留下多深的痕跡我無法度量，可看到蕊兒顫抖的樣子，我知道——

她怕極了。

我低下頭，看著自己張開的雙手，只覺得一片茫然：自畢業後，一直在那間公司上班，到底做了些什麼？

我真的適合做這份工作嗎？

「修元。」

父親的聲音讓我抬起頭，只見他轉頭看向我，沒什麼安慰我的意思，只說了一句話。「不管你想不想繼續做這份工作，你得想想，是被別人打了一拳你逃跑，還是打了別人一拳你逃跑……先說明，我肯定喜歡後面那個。」

我突然覺得有點不服氣，瞪著老爸，「……為什麼我一定要逃？」

「那你要和人家鬥？你有那能耐嗎？」

我無力反駁，「……」

「逃跑不丟人，為了面子死撐才丟人。」父親嘆了口氣，看著床上的母女二人，「要是早二十年，這事沒完，現在麼……人沒事，就行。」

「我還沒想好。」

「那就選你覺得比較困難的那個選擇。」

「為什麼？」

「因為那樣輸的話，心裡會好受點。」

我頓時覺得心裡悶得慌，想對面前的中年死宅吼一句「我才沒那麼窩囊」。

但我終究什麼都沒說。

第二天，我來到公司。

我一直在自己的辦公桌前待到中午，也沒見到若嵐來。打了電話，她還是不接，林蕭然今天也不在公司，而遊行的複製人傷亡統計已經出來了。

將近兩千名複製人被回收，將近兩千個家庭失去了家人，對複製人的同情以及對政府的殘酷行徑，讓整個社會瀰漫了一種浮躁而混亂的氛圍。

下班後，我去買了新的手機，同時把通訊錄等資訊也安裝進去。

第三天若嵐一樣沒來，不過有個好消息，我媽終於醒過來了，她對發生的事情充滿慶幸，但問她為什麼要去遊行，卻什麼都不肯說。

第四天若嵐還是沒來。

公司裡的柴犬不知道什麼時候不見了，我問了傳達室的人，聽說是林專務派人把牠接走了。

第五天，我看著手上的藍白信封，只覺得腦袋亂成一團，信封被我抓出了摺皺，而後我將其本能地抹平。

這是第三封，如同和姜肅生的那次一樣，我沒有看到第一封和第二封。

一下子彷彿失去了條理，這封信打亂了我一開始的全部計畫。我往旁邊看了一眼自己的抽屜，那裡面放著早就準備好的辭職信，可現在我卻一下子沒有把它拿出來的想法了。

這到底算什麼？

我只覺得這間公司裡好多東西都是假的。

許渝媛坐在我旁邊，雙眼通紅，啜泣著用五顏六色的指甲從一旁的衛生紙抽出一張，哭得幾乎喘不過氣來，「騙、騙人……嗚嗚嗚……」

「複製人……」我不知道自己是該哭這該死的事實，還是該笑自己的無能，「哈，這……怎麼可能呢？」

隨後，我突然想到某個人曾經對我說過的一些事。

我站起身，走到程源的辦公桌前。這位中年大叔忙碌地在自己的辦公桌上整理資料，鍵盤上傳來的劈啪聲不絕於耳，但我看他電腦螢幕上的顯示，卻知道他的心亂得一塌糊塗。

見過每輸入十個字就至少要刪除五個字的人嗎？這就是了。

「幹什麼？我忙著呢。」程源連頭都沒轉過來，聲音裡透著一股不自然的心虛。

「你早就知道對不對？」

「啊？你說清楚點。」程源的頭都沒有回過來。

「你以前跟我說過，『不會有人比若嵐更希望複製人好好活著』，我當時不明白是什麼意思，現在我已經明白了。」

「……」程源沉默不語。

「麻煩把若嵐的工資單調出來，我要看一下。」

「這個東西不是本人……」

「麻！煩！把！若！嵐！的！工！資！單！調！出！來！」

我近乎是吼叫著一字一句說出來，整個部門因為這突兀的聲響一下子變得死寂。程源僵著臉，回頭看了我一眼，又看了看周圍那些張望情況的同事，笑了笑，「沒事，你們管自己。」然後他伸出手，對著我往下壓了壓掌，示意我等等。

過了五分鐘，我看到他列印出一張工資單，但沒有交給我，而是站起來，對我說道：「一起去抽根菸？」

我沒有抽菸的習慣，但我還是點點頭，沉默地跟著他進了吸菸室。

打火機發出清脆的聲音，火焰在菸上亮起，他又從盒底彈了彈，將菸彈出半截，遞給我。

我看了看菸，又看了看他，沒說話，也沒接過來。

程源也不生氣，將菸收回去，然後將那張工資單遞給我。

我低頭看了一眼，如同我預料的那般，若嵐的工資比我低了很多，在這個城市，這樣的工資幾乎很難存活下去——除非這個人不用繳稅。

自治市的個人稅收非常高，但福利也相當不錯。就算是我這樣工作不太久的，每個月的薪資收入要交將近三分之一上去，再加上預扣養老金，真正拿到手上的也就一半再多一些。

而複製人，是不用交所得稅的。

沒錯……若嵐，是複製人。

「複製人不是什麼見不得人的身分，為什麼要隱瞞？」

程源乾咳一聲，好像被嗆到了，「同性戀也不是什麼見不得人的身分，可也未必每個人都會出櫃。」

「她不是那樣的人，她不缺乏勇氣，她做人堂堂正正，尤其在我們這樣的公司，根本不可能有什麼歧視氛圍，再加上她至少也是林家的人，我想不到有任何理由需要刻意隱瞞若嵐的身分。」說到這裡，我反而覺得一陣心酸，我抖了抖手上的工資單，「還有啊，做什麼不好，偏偏讓若嵐在我們這個部門？營業部、人事部、財政部之類的不行嗎？為什麼偏偏做這個？」

知道若嵐的身分後，以前很多疑惑的地方迎刃而解了。

她曾經說自己並不喜歡這份工作，而我當時反問為什麼不辭職，她沒有告訴我答案是什麼。

可答案現在知道了。

因為複製人的工作都是按照名額分配的，她根本沒有權利辭職，她只有權利結束自己的生命。

為什麼她對複製人的態度有些時候讓我覺得理智到了無情，卻仍然讓我覺得她對複製人有著自己風格的溫柔，甚至哪怕有些時候，她嘴裡說出一些不合適的話，那些放在別人嘴裡，絕對是歧視複製人的語句，我也感覺不到絲毫的惡意，這哪裡是理解複製人的處境能夠解釋的？

因為黑人罵一句黑鬼，是不會有人說他種族歧視的。

而讓她這樣的複製人，去做人生售後服務部的工作，在我眼裡無疑是一種殘酷而有效的做法。

沒人能比她更懂複製人，所以很殘酷。

沒人能比她更懂複製人，所以很有效。

程源面對我的問題，苦笑著搖頭，「你問我，我哪知道？」

也對，這件事應該問林蕭然才對。

我剛想到這裡，突然靈光一閃，「等等，你不光是為了她在隱瞞吧？」

程源沉默地吸了口菸，沒有否認。他鼻孔裡噴出兩道細長的煙霧，好像一頭憤怒的公牛。「你問這麼多幹什麼？你想幹麼啊？」

「……是林專務讓你隱瞞的。」

「……」

「……」

「他為什麼要隱瞞？」

「除非若嵐的身分曝光，會引發什麼不好的後果，對不對？」我衝著程源走近一步，我比他高一點點，可能讓他感到了壓力，他不著痕跡地向後挪了挪，神情相當不自在。「……她和一般的複製人不一樣，她的情況類似姜肅生，根本見不得光，對不對？」

「……你不去念警校，進我們公司還真的是大才小用了。」程源長嘆一口氣，叼著菸雙手合十對我拜了拜，「小祖宗，算我求你了，別為難我行不行？能說的，我肯定會跟你說，不能說的，你求我也沒用啊！」

我堅定地搖搖頭，不帶絲毫妥協。「帶我進門的前輩要死了，我要個解釋，不過分。」

「……嘖！那行，你先等等。」程源似乎妥協了，他掏出手機，通訊錄裡找了個號碼撥出去，隔了一會，「喂？林專務？嗯，是我，我知道，我知道，沒什麼事，就是修元……嗯，他來找我了。對，這小子脾氣倔強得一塌糊塗。對，他就在我旁邊，ＯＫ，那稍等。」

隨後，他把電話交給我後，彷彿交出了一個燙手山芋，神情輕鬆了不少，「喏，有什麼事想知道的，你問他嘍。」

我接起電話，「林專務？很久不見。」

「今天晚上有空沒？」

「有。」

「晚飯是沒辦法了，不過有沒有興趣吃宵夜？公司一樓等我好了。」

「我沒什麼胃口。不過既然專務您還有，那我肯定得賞臉。」不堪的真相一個個浮現，我忍不住話中帶刺，雖然我沒有吃宵夜的習慣，不過今天顯然得破例了。

電話那頭傳來一陣苦笑，沒有絲毫生氣的意思。「……別挖苦我了，晚上再說吧。」

時間到了晚上十點，我看到林專務穿著一套紫色的休閒西裝，晃悠晃悠地過來。我跟著他走出公司大門，左右看了看，發現他沒叫車。

「走一走，店很近的。」林蕭然嘆了口氣，他手上拿著一本書，夾著書籤和便條紙，「坐車總感覺一直都在工作，走走路放鬆一下。」

我自然不會反對，我跟著他七拐八彎走到一棟略顯老舊的街邊木質房屋，看上去似乎是有些年代的住宅，但門口歪歪斜斜寫著一行「隨意點」的招牌，我大概明白這是一家小餐館。

推門進去，發現店內是吧檯式的布置，我跟著他在裡側的吧檯坐下，「我爸爸開了公司後，以前常會來這裡吃消夜，所以我偶爾也會來這裡光顧，雖然我也不知道他到底喜歡這裡什麼地方，反正每次吃完都說難吃。」

「愛吃吃，不吃滾。」

一名五十多歲的大叔皺著眉，一邊掃地一邊罵道。

這畫面讓我震了一下，只覺得林家兩父子的口味真的有點獨特。

林蕭然一點生氣的樣子都沒，低聲問了我一句，「你吃不吃辣？這家店的麻婆豆腐還算有意思，辣一點味道挺好的，你如果不吃就不點了。」

「吃。」我點點頭。

林蕭然了然地點點頭，「老闆，回鍋肉，空心菜，再來個麻婆豆腐，別太辣。」

「老子倒半瓶辣粉辣死你！」大叔老闆氣沖沖地進了廚房，也不知道在和誰賭氣。

這家店開到現在，店沒事，老闆也沒事真是奇蹟……

林蕭然滿臉笑容地偷偷比了個V字手勢，然後站起來，很不拿自己當外人地從吧檯內拿了壺茶出來，給我倒了一杯，又給自己倒了一杯。

「今天不適合喝酒，喝茶吧。」林蕭然說到這裡，頓了一頓，嘆了口氣，「喝點茶，降降火。」

他把茶推到我面前，見我沒喝，便說道：「茶是他自己喝的，不外賣，所以品質不錯，你也喝點，不喝多可惜。」

原來不賣的？我一愣，然後看了看廚房門口，頓時有點緊張。「偷喝？」

「讀書人的事怎麼能叫偷呢……咳，別管，反正不是第一次了，他會習慣的。」

我看著眼前杯子裡的茶良久，聞著略顯濃郁的鐵觀音香味，「……讓複製人死這件事，你是不是已經習慣了？」

林蕭然臉上的笑容微微一僵，放下茶杯，然後淡淡地回答我——

「嗯，習慣了。」

「……不喝酒是對的。」

「喔？」

「喝了的話，我應該已經給你一拳了。」

林蕭然用小拇指摳了摳自己的眉毛，他臉上的神情不是生氣，而是自嘲，「別說你了，我都想打啊，能把這種混帳話說出來……但是，事實就事實，雖然很混帳，但沒有理由不認。」

「那若嵐呢？你對她習不習慣？和姜肅生的情況如出一轍，你別和我說你不知道這件事。」

「她啊……她昨天和我見過一面。」林蕭然瞥了我一眼，臉上笑吟吟的，但眼中卻驀然出現了一抹可怕的寒意，如同擇人而食的野獸。「她讓我別動你，放你一馬，讓你接手她的工作，我答應了。」

我看到林蕭然的眼白處那淡淡的血絲，說話時露出潔白的牙齒，森然而低沉的嗓音，帶著一種我從未遇見過的殺意。

我猛地打了個激靈，我還是第一次看到林蕭然露出這樣的表情。

「你什麼意思？」

看到他對我毫不掩飾的惡意，心中頓時充滿了一種不祥的預感。

「什麼意思？總結起來就是一句話——若嵐要死了，她是被你害死的，鄭修元。」

第四章
扭曲的殺意，茫然的內心

熱騰騰的食物被重重地放在吧檯上，那個態度糟糕的老闆惡聲惡氣地對林蕭然說了句「趕快吃」後就走開了。

三道菜裡麻婆豆腐的花椒香味最為濃郁，林蕭然將食物從吧檯上拿下來擺在桌上，從筷筒中拿出一雙筷子遞給我，我沒有接。

「吃吧。」林蕭然淡淡地說道：「吃完再說。」

我接過筷子，把它整齊地橫放在碟子上，「說完再吃。」

「說完，我怕你吃不下。」

「我已經吃不下了。」我發現自己的聲音有些抖，不知道是因為恐懼，還是因為憤怒，深深吸一口氣，勉強讓自己平靜，「我今天主要就是想問兩件事。」

「問。」

「關於若嵐的事，我不知道該從何問起。不過，就從你剛才說的開始好了，你說是我害死若嵐的，請說明。」

「若嵐的複製人身分不能曝光，曝光，她就死定了。」

「我沒有暴露過她的身分，我甚至都不知道她是複製人，怎麼曝光？」

林蕭然掏出手機，低頭上網搜尋了一下，然後將手機放到我面前，「知道這個新聞嗎？」

3.8航班撕票事件？

這是若嵐曾經和我聊起的，關於自治市的一起國際惡行案例，多年前從中東前往自治市的一架飛機在半途中被匪徒劫機，最後人質被撕票，當時直接導致自治市市長失去了連任的機會。而且因為這件事，還引起了複製人體制的一次震盪。

因為其中一名人質並沒有死，甚至還在三年多前被美國軍隊營救出來，但救回來之後，卻出現了她已經被複製的尷尬事實，最終根據複製人條例回收，但卻引起了世間的公憤和輿論。

而公司裡的柴柴就是那個受害者家庭的產物……等等！

我怎麼都沒想過這件事……

我目光呆滯地看向林蕭然，臉頰抽搐著，扯出一個我不知道算不算是笑容的笑容：「柴柴……整間公司只吃你和若嵐餵的食物，這不是巧合吧？」

「我也很希望不是。」林蕭然拿出湯匙，舀起麻婆豆腐放到自己的碟子裡，輕輕吹了幾口便塞入口中，可看上去還是有些燙，他連連呼氣。「我家原來是先養了一隻貓的，在牠快老的時候，我妹妹出事了；等到若嵐進了家裡，做為紀念，就養了柴柴，所以嘛，被貓帶大的狗，有點學壞了……嗯，應該說青出於藍，不怎麼理人，但要求別人關注牠，連吃飯都要主人餵，不餵還不高興。」

我沒有感嘆這世上還有這麼怪的狗，因為心中浮現的那個可能，讓我沒有餘力去關注這個了。

他說得沒錯，可能真的是我害死她的。

「三年多前，我妹妹回來了，她叫若曦。正牌的那個……說實話，我真的不知道這是我的幸運，還是不幸。」林蕭然苦笑，我一直覺得能讓他徹底束手無策的事並不多，但這件事上，可能是他第一次這麼無力，「我當時還想著怎麼解釋這件事，不論如何，得先讓她們見一面，我想試著談談。」

林蕭然從來不是在意幸運還是倒楣的人，因為無論是幸運還是倒楣，他總有一套自己的面對方式。當他在意了，就說明他沒有辦法控制那件事。

「然後她們見面了？」

「嗯，當時是在西餐廳碰面的，我妹妹若曦在看到若嵐的一瞬間，就拿起桌上的刀子……她想殺了她。」

「一點猶豫都沒有？」雖然料到結果不好，但卻沒想到這麼激烈，也完全不符合若嵐在我心中的樣子。

她很理智，但絕不缺乏溫柔。

「一點都沒有。」林蕭然嘆道：「我也是那個時候才意識到，她整個人都變了。想想也是，一個年輕漂亮的女孩子在恐怖分子手上活了那麼久，一群人質上百個，就活下來她一個，要是沒變，那才是奇怪的事。」

我沒有辦法反駁，我毫不懷疑林若曦在恐怖分子手中受到了多少折磨。

「也不是不能理解。」林蕭然搖搖頭，眼裡閃爍著憐憫，「想想吧，受了兩年多將近三年的折磨，千辛萬苦從那鬼地方出來，回到家裡，卻發現自己的一切都被人占有了……如果是我的話，大概也不會好到哪裡去的。」

「但若嵐是無辜的。」

「……我知道，所以我攔住她了。但我也知道，我可以攔住她一次兩次，但終究會有一次攔不住她，所以我就答應她，如果真的要她死，至少別讓她有太多痛苦，還是回收比較好一些。」說到這裡，他看著我微微一笑，「當然，這是騙她的。」

以若嵐的聰慧，恐怕不會這麼輕易地就被騙過，若曦做為若嵐的原型，自然也不會差到哪去，所以我不由得有些奇怪，「她這麼精明的一個人，就一直不知道你瞞著她？」

林蕭然讚許地點點頭，似乎很滿意我對若曦的評價，「應該說，她第一天答應了我之後，第二天就對我說，要親眼看著若嵐回收，我說當天就已經回收了，屍體都沒了，她自然將信將疑。還好我在那一天就讓若嵐離開，所以她一直在找若嵐。她的執念相當可怕，僅僅是因為那點懷疑，她就考上公務員，找了一份複製人監察廳的工作，她想把若嵐找出來。她一直都找不到若嵐在哪，若嵐因為是被分配了特殊工作的複製人，擁有比一般複製人更多的許可權，她可以去更多的地方，也沒有不良記錄，監察廳很難根據電腦記錄盯上她。」

所以才被安排進了人生售後服務部嗎？也對，這份工作讓系統給她豁免權，自然不會被電腦盯上，也擁有比一般複製人更多的自由。

話說回來，能夠探查複製人問題而不受限制的，自然就只有第二人生以及複製人監察廳兩個組織，林若曦為了把若嵐找出來，同時也不被林蕭然掣肘，選擇進入複製人監察廳。而林蕭然為了讓若嵐不被找到，將她放在自己身邊，雖然有些冒險，但某種程度上是最為安全的一種方式。

我突然想起那天在直升機旁邊，那個女人貼在我耳邊，呢喃一般的語句——

「做為感謝，那我也告訴你一件事吧。你所認識的『若嵐』，從最開始，就不存在，你被騙得很徹底啊……」

原來那天在直升機上的……不是若嵐。

意識到這一點的我，不由得咬住了嘴脣，我從未如此期待讓疼痛來撫平我的愧疚，所以咬得很用力，而後，感到了一股苦澀的腥鹹。

「原來，是我告訴她的。」

怪不得第二天就找不到若嵐了。

因為在那一天，她確信了若嵐依舊活在這個世上，甚至……我還告訴了她若嵐在哪。

可是，如果是這樣的話，那麼姜肅生死後，在地下車庫裡的難道不是……不對！她知道我，她是若嵐，不是林若曦。也就是說，現在還是不能說若嵐和奧米勒斯教沒有關係。

「不能再瞞她一次嗎？就和以前一樣。」

「這次她跟我說，如果不親眼看著若嵐死，她一定會報警。一旦警察介入，到時候不僅若嵐一樣會被回收，公司也……」林蕭然搖搖頭，苦笑一聲，「根本瞞不了，還會把當初的隱瞞給抖出來，『複製依然存活的人』這種新聞，會讓公司陷入不利的境地。」

「那麼，那天在直升機上的，是複製人監察廳的人。」

「這個部分我不能對你說太多，這畢竟不是私事，我必須對其他人負責。」林蕭然擺了擺手，示意我適可而止，「這件事牽涉很深，不要問了。」

「深到連若嵐都陷進去了？」

林蕭然手上的筷子擺到桌子上，他似乎一下子失去了食欲，略顯無奈地看向我：「你這個人真的不老實，套我的話很純熟嘛，我就不問你是怎麼知道的了，但真誠建議，不要耍小聰明。」

「如果我說是若嵐告訴我的，你信不信？」

林蕭然一點猶豫都沒地嗤笑一聲，「不信。」

「為什麼？」

「因為她肯定不想害死你。」

如同被毒蛇盯上一般，我感覺自己的寒毛根根豎起，「你說什麼？要脅我嗎？」

「那要看你是什麼情況了。如果你是傻子，那麼這就是要脅；可如果你是聰明人，就知道這真的是世間最真誠的忠告。」林蕭然伸出手，拍拍我的肩膀。

我有些不自在，向後躲了一下，林蕭然卻冷不防地一下子抓住了我的肩膀不放，強勢至極地把我轉到他正面，「你是個很聰明的人，可你知道，聰明的人怎樣才能變成優秀的人嗎？」

「……」

「不要身不由己被自己的聰慧拉著走，你要去控制自己的聰慧。」林蕭然的聲音真的很誠懇，他的表情也很逼真，如果是姜肅生事件之前的我，恐怕會忍不住動搖吧？

但現在，尤其是曾經看到的一切都在告訴我，不要這麼輕易地相信他。

所以我伸出手，蓋在他的手上，「那關於之前遊行發生的事，你有沒有什麼可以告訴我的？」

「說起來，這本書你看過嗎？最近重新溫習覺得比以前看的時候心境格外不同啊……」林蕭然感嘆著拿起剛才拿在手上的書。

我一看封面，是在義大利文藝復興時期由馬基維利所寫的《君主論》。這本書我曾經在大學裡因為教授推薦而看過，某種程度上由於推崇讓統治者屏棄道德束縛，算是部充滿爭議性的作品，甚至可以說，人類社會對「政客」這個職業的鄙視，最初也是因為這本書而誕生，因為這是歷史上第一本提出「政治無道德」這種概念的名著。

當然，他並不是完全否定道德，但道德對其來說更像是一種顯示給別人看以達到目的的手段，極其推崇君王的獨裁統治；而當時對政權有著極大影響的宗教，在他的書裡也沒有得到太多的尊重，甚至可以說，帶著再明顯不過的敵意，直接推翻了「君權神授」的說法，認為宗教只應該成為統治者的工具而不是別的，提出了統治權完完全全應該只通過權力來得到。誰的拳頭大，誰就是老大。

這在當時的宗教來看堪稱大逆不道，導致天主教將其列為禁書。

同時這本書也是為了獻給羅倫佐二世．迪．麥第奇公爵而作，所以進入正文前的開篇就是一段肉麻至極的拍馬屁文，作品和人一樣，表裡如一，現實至極。

簡單地概括，就是一本在人性本惡的基礎上，讓君主無所不用其極地建立王國，侵略他國，以及如何守住王國以及殖民地的攻略書。

林蕭然對這本書似乎很有興趣，「以前都沒注意過這本書，挺有趣的，你要不要看看？」

「以前看過，謝謝，另外你轉移話題的技巧太生硬了。」我一點面子都沒給他，把話題硬是拉回了原本的軌道。「我再問一次，關於遊行，你有沒有什麼可以告訴我的？」

「這個和公司沒關係。」

「直升機上的人是複製人監察廳的，在上面的是你親妹妹。」

「她都和我對著幹，我怎麼可能幫她做這種事？萬一若嵐去了怎麼辦？我不怕出事嗎？」林蕭然啞然失笑，似乎覺得我的話完全就是無稽之談。「我承認瞞了你很多，但我總不可能拿若嵐去冒這種險，不說最後的結果那麼危險，萬一被若曦找到了……就會變得和現在一樣。」

「所以若嵐根本沒去，對吧？」

林蕭然挑了挑眉毛，猶豫了一下後還是點點頭，「她是沒去，但這不是我可以控制的，我……」

「我查了一下住院以及這次因為意外死亡的名單，發現了一件很奇怪的事。」

「哪裡奇怪？」

「這裡面竟然沒有未成年人，這些人加起來已經超過兩千人了，竟然一個例外都沒有。」

這句話說出口的一剎那，我發現林蕭然的眉間微微一抖，很輕微，但卻讓我覺得自己找對了思路，「這幾天，我也查了我負責的複製人，發現……只有未成年人沒有去參加，他們甚至不知道有遊行，那麼我可不可以做一個假設……如果全部都是成年的複製人，那麼組織者很可能擁有甄別的方法，他們知道所有複製人的資訊。」

「……」

「這恐怕不是僅僅一個奧米勒斯教就能做到的事，上次姜肅生的事過去之後，你告訴我公司裡乾淨了，可這一次，恰恰說明了你是錯的。這件事，不僅僅是奧米勒斯教，複製人監察廳、第二人生公司……全都有問題。」

林蕭然的眉頭皺了起來，他沉默地看著我，眼裡帶著些許失望。

「故意造成這麼大的事件，你們要幹什麼？」我毫不退讓地盯著他的雙眼。

「這次的遊行只是個意外的悲劇，你的陰謀論太嚇人了，不要亂猜。」

「意外？我想問，為什麼要使用那種武器，公司裡應該有安全無虞地讓複製人昏迷的手段才對……那些在複製人身體裡的奈米機器人，你別說公司忘了。」

「人太多了，短時間內沒有辦法一個個甄別那些人去了，還是沒去。」林蕭然搖搖頭，「容易誤傷。」

「按照複製人的年齡劃分不就行了？」

「前提是公司知道這個年齡的問題，可真實情況是，在這件事上公司真的是清白的。武器確實是公司給複製人監察廳的，這個我不否認，但當時只是當作一個保險，我也沒想到監察廳的人做事會那麼激烈，而武器因為是第一次投入實際使用，他們操作失誤，出現了意外，真是雪上加霜了。」

真是滴水不漏啊……

林蕭然這些回答都沒有絲毫猶豫，似乎事實本就如此，他帶著滿臉的無奈和疲憊。

一瞬間，我真的有些懷疑自己是不是真的錯了。

不對，這根本沒有辦法洗清公司的嫌疑，可我也沒有確實的證據，來證明林蕭然在說謊。就從他說的東西來看，並沒有出現明顯邏輯不通的地方，可殘缺的資訊太多，根本沒有辦法拼出完整的真相。

「我沒胃口了，今天菜做得真鹹。」林蕭然把茶杯裡的茶一飲而盡，滿臉嫌棄，「喝水都喝飽了，今天就到這裡吧。」

「等等，話還沒……」

「你是不是搞錯了一件事。」林蕭然擺了擺手打斷我，「我是專務，而你不是，我說什麼時候結束，那就是什麼時候結束。」

我頓時一滯，但隨後心中便燃起了怒火，瞪著他：「那你需不需要我辭職以後再來找你？」

林蕭然頓時愕然，他看了我半晌，似乎在判斷我是不是一時衝動，最後他無奈地說道：「你這樣對得起若嵐嗎？她很希望你繼承她的位子呢。」

「……」我一下子說不出話來。

「去見見她吧，如果你有事想問，你也可以問她，當然，我不覺得她會回答你所有問題。」林蕭然聳聳肩，似乎對若嵐的態度很有信心，「從我個人角度來說，我不希望她再跟你見面，不過這是她自己要求的，你看著辦。如果見過她之後，你還是這麼不識相……就把辭職信交給我吧，這樣大家都輕鬆。」

「什麼時候？」

「你休假是什麼時候？」

「後天。」

「那就後天。」

待我回到家裡，卻發現蕊兒也是剛剛回來。

「這麼晚，今天又去媽媽那邊了？」

「嗯。」她不冷不熱地應了一聲。

我打開冰箱，發現前一天我做好的便當還在裡面，不由得有些奇怪。

本來，如果我媽不在，家裡幾乎都不開伙。但既然她住院了，老爸幾乎二十四小時陪著，不想連累病人和我們一起吃外食，於是只好讓我來做，一般都是我下班回來做好，然後放進冰箱，第二天把父母的那份送去，蕊兒的話就讓她自己帶。

幸好食材在前幾天都為了預防萬一而提前準備好，否則看那個剛過十二點的時針，我恐怕要接近兩點才能睡。

我打開冰箱才發現，裡面還有一盒便當在，於是走到蕊兒的房門前敲了敲門，「蕊兒，妳便當沒帶去學校？」

「……我在學校買了。」房間裡蕊兒傳來的聲音悶悶的，聽上去她好像把自己悶在被窩裡。

心情不好的樣子。

我對此也沒什麼辦法，「那妳明天別忘記帶，我給妳重做一份。」

「不用了，你不用勉強自己的。」

「啊？妳說什麼呢？」

「沒什麼，晚安。」

我不知道此刻該不該道一聲晚安，可還沒想好，嘴巴就自然冒出了一句：「對不起。」

「你在道歉什麼？」

「呃，就是想道歉而已，晚安。」

「……」

待我回到廚房，只覺得越發疲憊起來，機械般地將切好的洋蔥、胡蘿蔔還有馬鈴薯丟進鍋裡，用鍋鏟撥弄幾下，思緒卻漸漸潰散。

沒有什麼邏輯，完全就是回想那些自己想要想起以及不想要想起的片段。

家裡曾經的歡聲笑語，進入公司第一天的震撼，若嵐開車時候的樣子，渝媛那永遠不重複的指甲花色，中層店裡被擺亂的飲料貨架，背著晴妍時感受到的溫熱呼吸……

我到底在幹什麼啊？

妳教教我啊，若嵐。

第二天，拖著疲憊的身軀，先把做好的食物送到醫院，然後再去公司。可我還沒進公司打卡，就發現門口站著若嵐……不，看那個樣子，似乎是林若曦。

她也看到我了，眸子微微一亮，踩著高跟鞋緩步走到我面前，「上次見面的時候沒問你，貴姓？」
「敝姓鄭。」
「我得謝謝你。」
「很抱歉，我不想在這件事上被妳感謝。」
「你這段時間，有沒有見過若嵐？我好久沒見她了，想跟她敘敘舊。」
林若曦在找若嵐？林蕭然不讓她見若嵐嗎？
這兩個疑問快速地從我腦中掠過，隨後很快便意識到這是為什麼。因為林若曦被騙過一次，如果讓她見到若嵐，恐怕真的不知道會做出什麼事來。
「很抱歉，我也不清楚，不如妳去問問林專務？」
也許看出了我對她表現出的疏離態度，林若曦那張和若嵐一模一樣的臉上，所表現出來的是一種詫異，「為什麼你用這種眼神看我？」
「啊？」
「一種『都是因為妳』的眼神，受害者明明是我吧？」林若曦的表情變得滿是譏諷，和第一次見面時不同，她似乎不再掩飾自己和若嵐之間的區別，「該死的，本來就是她。」

「這世上沒有任何人是『應該死』的，甚至在我眼裡，她比妳這樣的人更有資格活著。」

林若曦聽到這句話，冷笑一聲，「但事實上，她死定了。我不管在你眼裡她是一個多高尚的人，事實就是，她就是個鳩占鵲巢的強盜，她所擁有的每一樣東西，本來都是我的。」

我面無表情地點點頭，「沒錯，比如善良，在不知不覺中，妳就已經失去了。」

「那你想救她嗎？有個很好的方法喔。」

這句話倒是完全出乎我的預料，我愕然地看著眼前的林若曦，發現她的表情裡完全沒有戲謔的樣子，不由得讓我也鄭重起來，「如果妳願意給出商量的餘地，那當然最好，剛才我的態度不好，請妳多見諒。」

我對她深深鞠了一躬，這完全值得。

她畢竟擁有和若嵐大半相同的經歷，如果她願意收手，這件事完全還有操作的餘地，剩下只要讓林蕭然想想辦法就好了。

我彎腰低頭，過了一會兒沒聽到回應，不由得抬頭望了一眼。

隨後我看到她露出一個讓我渾身發冷的笑容，只見她從包裡拿出一把配著皮質刀套的匕首，看上去是軍事收藏家會收藏的那種。她鬆開刀套上的繩索，把刀套拿下，露出沒有一絲反光的黑色刀刃。

「只要你殺了我，她就不用死了。」她把刀柄反轉，遞向我，「很簡單吧？」要我？

我氣得站直了身軀，沒等我接下去的反應，只聽林若曦又說道：「放心，只要你願意動手，我絕不反抗。」

「我怎麼可能做這種事！」

林若曦譏諷地勾起了嘴角，收回匕首，將刀重新插回刀套裡，「那你憑什麼說她比我更有資格活著？你不覺得你虛偽到噁心嗎？她比我有資格活著，可你卻白白放掉了唯一可以救她的機會。」

「這是犯法的。」

「複製還活著的人也是犯法的。」

這句話讓我啞口無言。

我愣在原地，看著面前的女人，終於發現她和若嵐都有一個共通的特質——言辭犀利。

她們似乎很容易就抓到重點。

「所以現在事實很明瞭，你就是那種高高在上事不關己，平常好像是道德君子，一旦需要付出卻又不敢貫徹自己想法的懦弱小人。」

我的否認有些蒼白，「我沒有。」

「『為了救她，把自己搭進去變成殺人犯太不划算了，所以還是讓她死了算了。』這就是你的想法吧？」林若曦冷笑著，一臉鄙夷，那眸子彷彿在看臭水溝裡的蒼蠅，她一步步向前，而我一步步向後，直到靠上了牆，才發現自己早已無路可退，「而我的想法是『如果讓她活下去，我必須要把之前人生裡所有的東西都讓給她，再也拿不回來，太不值得了，還是讓她死了算了。』你覺得你自己和我有多大分別？」

「……我、我跟妳不一樣。」我忍不住低下頭，胸中的憋悶讓我想要大喊，卻像被什麼東西卡住了，讓我感到無比痛苦。

「不一樣？嗯，在天堂裡，每個人當然都會不一樣；可如果在地獄之中，所有人都是同一個表情。」林若曦用一種若嵐絕不可能表露出的溫柔語調說著，同時用冰涼的手撫上我的臉頰，讓我忍不住打了個冷顫。

「見過地獄嗎？」

「……」

「地獄不是他們在你面前殺個屍橫遍野，不是溫熱的血澆得你滿滿一臉，不是怎麼洗都洗不掉的屍臭味，不是匕首切到骨頭裡的聲音，也不是他們雙眼通紅地朝你撲過來……而是你第一次看到自己從來不曾發現的那一面——『地獄是發現太晚的真相』。（註1）」

我感到自己的嘴唇不自覺地顫抖著，看她緊緊盯著我的眼，一字一頓地詢問——

「你現在，看到地獄了沒有？我們，真的有分別嗎？」

是啊，我和她……真的有分別嗎？

「不，我們有分別……我們不一樣。」我的聲音艱澀，如同鏽了的水管。

「不一樣？」林若曦又把刀柄遞向我，我茫然地看著那把刀，耳朵裡聽到她用一種溫柔到極致的聲音，說出一句讓我感到冰寒徹骨的話——

註1　出自《利維坦》（Leviathan），作者湯瑪斯・霍布斯（Thomas Hobbes）。

「那就證明給我看。」

我的手一抖，竟然……反手握住了刀柄。

我忍不住瞪大眼睛，驚訝於自己的動作。林若曦的聲音彷彿有一種魔力，讓我的手擅自動了起來，可隨後我卻意識到這完完全全就是我的自主行為。

我抓著刀柄，呼吸漸漸粗重了起來。

我跟她不一樣，對，我不可能和她一樣！

沒有反光的刀刃，被我從刀套裡拔了出來。

「你們在幹什麼？」

這句話如同一道閃電，擊破了原本沉悶而絕望的氣氛。我一下子清醒過來，滿頭大汗地看著手裡的刀，手一鬆，刀便落在地上，刀尖正好對著大理石地面，發出一陣清脆的金屬撞擊聲音後，便彈了開去。

我到底在想什麼？

林若曦嘆了一口氣，她後退一步，彎腰撿起刀，略帶失望地對我說道：「你失去了唯一可以救她的機會。」

「林小姐好。」走過來的是劉祕書，我從未想過竟然是她過來，並且看上去還認識林若曦，看來她也是知情者之一。

劉祕書沒有看向我，只是看著林若曦，既沒有小員工的誠惶誠恐，也沒有因為公司的立場就對複製人監察廳表現出疏離和忌憚。「專務說妳要來，我等了很久也不見妳來，就來找妳了……妳為什麼在這裡？」

林若曦微微一笑，瞥了我一眼，「逛逛而已，不要緊張。」

劉祕書這才看向我，皺了皺眉。「你該工作去了，另外，離她遠點。」

林若曦挑了挑眉，「當著我的面這麼說，膽子很大啊。」

「不滿意妳讓那個花花公子炒我魷魚好了。」劉祕書一點都不怕林若曦的樣子，讓林若曦眼睛瞇了起來，卻沒有說什麼。

林若曦似乎也拿劉祕書沒什麼辦法的樣子。隨後林若曦搖了搖頭，掏出一張名片交給我。「如果你改變主意了，可以聯繫我。」

出於禮貌，我還是將名片收下了。

我望著她們離開的背影，悵然若失，在原地呆立了一會，心情平復，便往人生售後服務部的門內走去。

一走進去，我便發現氣氛不大對，整個部門散發著一種尷尬的氛圍，時不時有人望向我，或者說是望向門外，有些人神情複雜，其中就包括許湔媛。

「怎麼了？」待我打完卡，到了座位後，我問許湔媛。

「你來的時候沒看到？」

我愣了一下，隨後反應過來，「妳是說林若曦？」

「你見到她啦？她叫林若曦喔？」

「嗯，晨曦的曦。」

「還是若嵐的名字好，比較威風！也比較好聽！」許湔媛一臉不服氣，似乎想為若嵐找任何有可能的優勢，「而且啊，她居然來這種地方呢，明明知道這裡肯定不會歡迎她，居然還來問若嵐的下落！」

「她問誰？」

「她站在門口，大聲問所有人喔。」

「然後？」

「然後我就告訴她我們都不知道嘍。」許湔媛滿臉疑惑，弄不明白林若曦的想法。「她就不會問專務嗎？專務肯定知道。」

她今天是來問若嵐的下落的，林肅然應該不會告訴她。

可我的心始終懸著放不下來。

為什麼林若曦一定要這麼著急地找若嵐？上次和林蕭然談過，明明過一段時間，在回收日就可以互相見面了，林蕭然也完全沒有想要騙她。

她為什麼想要在回收日之前找到若嵐？

第五章 平靜的再會，加深的迷霧

早上七點，我被手機鈴聲吵醒。迷迷糊糊的，我伸出手在床頭摸索了幾下，找到手機。睡眼惺忪的看了一眼來電顯示，發現是個不認識的號碼，便隨手按了拒絕接聽，因為昨晚沒有睡好，頭昏腦脹的，我實在不願意再被銷售電話騷擾……可是當我剛把手再收回被子裡，手機又響了。好吧，是我輸了。我皺著眉接起電話，「喂，哪位？」

「早。」

一個熟悉的聲音響起，我的睡意一下子消去了大半。

「若嵐？妳怎麼換號碼了？」我開始慶幸自己沒有無視這通陌生電話。若嵐的聲音似乎完全沒有受到最近事件的影響。

「我現在這個樣子，你覺得林蕭然還會給我用原來的號碼嗎？早就註銷了。」

我以前不是很理解為什麼若嵐討厭自己的哥哥林蕭然，但現在，我懂了。林蕭然害怕節外生枝，為防止他人找若嵐問東問西，就乾脆註銷了若嵐的號碼。可問題在於，在這種情況下，若嵐說出的這句話本身就帶著一種不滿，我不由得心中一動。「那麼……那封自殺申請，其實不是出自妳的手筆？」

電話那頭沉默良久。

「有區別嗎？」

「當然有區別！如果不是妳自願的，那麼……」

「莫非我還能指望你來救我？」

我頓時血氣上湧，「難道妳現在還能指望別人？」

「可你連我在哪都不知道吧？」

若嵐這句話一出口，我突然莫名感受到一股寒意，彷彿背後有一雙充滿惡意的眼睛緊緊注視著我。我心中一動，發出一聲苦笑，略帶頹喪的說道：「我確實不知道。畢竟是林蕭然做的事，他不會露出太多破綻的。對了，若嵐，妳居然記住了我的號碼？」

若嵐在電話那頭緘默了一會，似乎感受到一股內心深處奇異的情緒。「我只記住了你的號碼，修元，我只記住了你的。」

如果這句話是平常時期若嵐對我說的話，可能會讓我心跳不已，但現在，我卻覺得頭皮發麻。「是嗎？媛渝和妳關係這麼好，妳卻只記住我的？」

「……我已經沒有多少時間了，自然只會記住自己最該記住的。」

我聽到這裡，忍不住咬牙切齒地說道：「妳不是若嵐！林若曦，妳到底從哪裡拿到我的號碼的？」

「修元，你……」

我冷冷地打斷了電話那頭的話，「公司裡只有渝媛，沒有媛渝，同一個當，我不會這麼簡單地上兩次！」我已經得到林蕭然給我的地址，他既然默許我與若嵐見面，那麼若嵐不應該不知道我會去找她。在這個情況下，那句「可你連我在哪都不知道」的話，毫無疑問是有問題，再加上我接著用許渝媛的名字設了一個陷阱，總算讓林若曦露出了尾巴。也只有她，才能把若嵐模仿得惟妙惟肖。對方似乎噎住了，良久，她長嘆一口氣，「竟然學乖了，真可惜啊……」

「妳到底從哪裡得到我的號碼的？」

「查查我哥公司的員工資料不就知道了？」林若曦輕笑著，似乎因為我的問題而感到不屑，「你總不會以為，在那間公司，我要查一個無傷大雅的號碼，會有人攔我吧？」

「……如果妳話說完了，就掛電話吧，請不要再打我的私人號碼了，這是徒勞的，因為我會拉黑名單。」

「無所謂，至少……你似乎真的不知道那個冒牌貨的所在地，那你對我就沒用了，再見。」

電話掛了。而我則一頭的冷汗，連忙披起衣服，拉開窗簾看了看，又走到家門口推門出去看了看，只覺得周圍變得無比陌生。我看不到可疑的地方，但我知道周圍一定有問題，至少曾經有問題。林若曦剛才可能在附近，如果我透露出要去見若嵐的資訊，她有很大可能會盯著我住的地方，然後等我出門後跟蹤我。但幸好，唬弄過去了。

到了中午，我按照林蕭然發給我的地址，坐地鐵去尋找很久沒有見到的若嵐。我本以為自己根本沒有見她的勇氣，而在昨天遇到林若曦之後，我變得更加沒有信心，卻反而生出了一種必須要去見她的衝動。

不僅僅是為她，也是為我自己。

我不喜歡林若曦，但我沒有辦法反駁她對我的評價。

彷彿可以看到自己的卑劣。

這個卑劣不在於我沒有辦法下定決心殺了她救下若嵐，這個卑劣在於，我明明知道自己不會如此不顧一切，卻依然帶著優越感去評判她的狠毒。

即便現在，我還是認為自己和她不一樣，可正因為如此，反而讓我發現，自己離她似乎更近一步。

若嵐被林蕭然安排到下城郊區的一棟別墅裡，這裡沒有多少人。

別墅的位置我在進入別墅區的時候先問了一下保全，確認了地址，以及最近的路線，五分鐘內便站在這棟兩層別墅前。

別墅是整排建造的，若嵐住的是從右往左數過去第三棟，我走上一格階梯，按響了門鈴。門口的視訊螢幕亮起，傳出若嵐的聲音：「你等等，我馬上過來。」

聲音聽不出一點陰沉的情緒，見到是我來了，甚至聽得出聲音中的笑意。

門開了，我看到她穿著一件黑色的圍裙，手上戴著料理用手套，上面沾著咖啡色的麵糊。從她的姿勢來看，她似乎是用手肘開的門。

「在做餅乾，你要不要也玩玩看？」

「妳還有閒工夫做這個？」

「那不然呢？愁眉苦臉地等死嗎？」若嵐說完這句就轉身，很隨意地丟了一句話，「拖鞋在旁邊，自己拿。」

我挑了一雙淺灰色的拖鞋穿上，然後將自己的布鞋放進玄關。跟著若嵐的背影進了屋子。她今天穿著平常很少穿的白色連身紗裙，室內開著暖氣，卻不感覺到悶。路過客廳，客廳的桌上放了一大盆的天堂鳥，這種花在複製人制度誕生之後，開始讓人有一種不吉利的感覺，一般很少有人會擺放在家裡。

進了餐廳，空氣中飄散著淡淡的奶香味。

廚房和餐廳是一起的，若嵐讓我自己找位子坐下，白皙的下巴向左示意了一下，「紅茶在桌上，杯子也有，要喝自己倒喔。」

「嗯。」

見我應聲，她便低下頭，將一團咖啡色的麵團放入餅乾擠壓器裡，「這餅乾裡的咖啡是我自己磨的，很香，你待會可以帶回去，我一個人吃不了太多。」

我皺著眉，拿出小杯子，端起了茶壺要倒之前，說了一句：「妳可以自己留著以後吃。」

「喔，林蕭然沒和你說？」

「什麼？」

「明天就是回收日。」

我倒著茶水的手微微一抖，茶水不小心濺了出來，「為什麼這麼急？日子誰定的？什麼時候定的？」

「我定的，在知道你今天要來之後，我就定了，既然有這件事，我就不喜歡拖泥帶水。」

即便可能我真的無能為力，即便這件事我需要負很大的責任，即便死去的是若嵐自己，我卻仍然有一瞬間，想要把杯子狠狠砸向她的衝動。不可置信地看了她許久，若嵐一貫平靜地在烤盤上擠壓出形狀完美的餅乾。

固然這是必然會來臨的事，可聽到這句話的時候，還是忍不住一股火冒上來。「妳怎麼老這麼自作主張？」

若嵐頭都沒有抬起來，很小心地用手把一顆顆巧克力粒按在餅乾上。「有事不做完，終究會覺得不舒服。」

我「哈」了一聲，「聽上去就像渝媛讓妳幫她買一瓶指甲油。」

「你說話帶刺，是我讓你生氣了？」

「有進步，妳居然開始在意這種事了。」

「你如果覺得我的態度不對，那你不如告訴我，我現在該用什麼樣的態度和你說話？」

「夠了吧？」

「什麼意思？」

「是我害妳變成這樣的，妳連一句話都沒有嗎？」

「……」

「我懷疑妳和奧米勒斯教的關係，我懷疑妳做了很多不好的事，但從頭到尾我卻一直沒有找妳開誠布公地問。反而像個小人一樣懷疑這個揣測那個，因為在看了一些事後，我變得不再想要相信妳！甚至到後來把林若曦這個人也招惹出來了，我終結了妳的生活，妳的生命，不管妳還要做什麼努力，都到此為止了，但結果妳對我說了什麼？」

我站起來，伸出顫抖的手，指著她做的餅乾，慘然笑道：「『你待會可以帶回去，我一個人吃不了太多』？妳不如罵我是個喪盡天良的畜生還比較好一些。」

若嵐低頭思考了半晌，最後很認真地對我說：「我從頭到尾，心裡都沒怪過你。」

「妳不如怪我！」我咬牙切齒地打斷了她的話，此時此刻，我已經分不清到底恨的是自己犯下的錯，還是她此刻什麼都無所謂的態度。

妳豁達，妳高尚，我成什麼了？

我昨天才放棄了最後可以救妳的機會！

也許是我的聲音太大，也許是我的態度真的不好，我聽到了一陣我沒有想到的聲音。

「汪！」

柴柴充滿攻擊性的吼叫聲從我身後傳來。我愕然地轉過去，發現柴柴的前肢下壓，充滿敵意地看著我，臉上擠出了憤怒的皺紋，露出了牙齒，喉部發出如同輕微滾雷般的低吼。

牠也在？

「柴柴，不許這樣，他不是壞人。」若嵐說了一句，柴柴依舊沒有變化，仍然充滿敵意地瞪著我，直到若嵐再叫了一聲，牠才收起攻擊模式。

「抱歉，因為以前有些事，牠有點神經過敏。」

若嵐對我解釋了一句，然後放下手中的東西，扯掉料理用手套，走到我面前，「你是不是把我當成一般人了？」

「……」

「我是複製人啊。」若嵐很少見地笑了，笑容雖然略帶苦澀，但終究還是笑了，「你做了這麼久服務複製人的工作，你甚至親手送走過一個你喜歡的女孩，不會到現在還以為，死……真的這麼不可接受，不可原諒嗎？」

聽到她提起晴妍，心裡便忍不住微微一酸，隨後搖搖頭，「……妳不一樣。」

若嵐沉默了一會，轉身走回流理檯處，把烤盤上的餅乾放進烤箱，舉起手看了看手錶，似乎在計算時間，而後拿起桌上的托盤，小心翼翼地把茶壺和一只茶杯放上去。「烤餅乾需要半個小時，再等它冷了就可以吃了。在那之前，你可能有事想問，去客廳吧，我能回答的，都會回答你……你的茶杯自己拿過來。」

也不等我回應，她便徑直走向客廳，我也只好捧著茶杯跟在後頭。

我避開桌上天堂鳥的枝葉，拉出椅子坐下，若嵐則在我斜對角處拉出椅子坐了下來。「你先告訴我，哪些是可以告訴我的，哪些又是不可以告訴我的。」

「為什麼要用這種小聰明呢？」若嵐皺眉，似乎很不喜歡我的提問方式，「你這個問題就是不可以問的。」

「那好，我換一個問題，妳和奧米勒斯教有沒有關係？」

「……」若嵐猶豫了一下，似乎在考慮是否要回答這個問題。

「回收姜肅生那天，我『也』在地下車庫。」我吐出了一個「也」字，隨後不出我意料地，看到若嵐神情微微一變。「妳有沒有什麼想說的？」

若嵐冷冷地對我說道：「偷聽可不是什麼好習慣。」

「我聽專務說，妳想讓我坐妳的位子，可妳卻什麼都不告訴我。」

若嵐搖搖頭，一如既往，如同頑石一般固執，「你問的事，和你以後要面對的工作並無關係。」

我什麼都不知道，自然很難反駁她的觀點。

但很多事，並不是因為我們知道什麼才會去做，而恰恰是因為我們不知道，才更有做的必要。「我媽媽現在還在醫院裡。」

「……」

「我爸問我，對這件事有沒有頭緒，我妹妹問我為什麼在複製人公司上班，卻一點都沒有辦法防患於未然……我沒有辦法回答他們。」

若嵐聞言，臉上終於露出了些許愧色，「……對不起。」

「我也是這麼對我妹妹說的，但我不想永遠只能說這個。妳說的也許是對的，我要問的問題也許和我以後面對的工作並無關係，可是，若嵐，這件事和我的人生已經扯上關係了，我媽媽躺在醫院裡，我妹妹現在連我做的便當都不吃，我現在就是一個把工作放在首位，卻都做不出任何成績的廢柴。若嵐，我不想再這樣繼續下去了。」

我低下頭，從懷裡掏出那封還沒交上去的辭職信，我看到她變得悵然的表情。「我現在不知道要不要把這封信交給專務，但不論交不交，我都需要給自己一個說得過去的理由，若嵐，妳能給我一個理由嗎？不論是留下，還是離開。」

若嵐陷入了緘默，我看到她眼裡露出少見的掙扎，而後她閉上眼睛，似乎要把那些糾結的心事悶在身體裡整理乾淨。過了大約幾個呼吸，她才睜開眼，口吻恢復了最初的堅定。「……我不能害你，也不能害別人，修元，有些事我不可以說。」

「那我就告訴妳我知道多少，妳再決定要不要告訴我吧。」

若嵐一怔，隨後挑了挑眉，「你這是什麼意思？」

「我能夠感覺到這件事的危險性，畢竟……上千人就這麼死了，再死一個也不是什麼不可能的事。」

若嵐面無表情地說道：「我聽不明白。」

「我一開始也不明白，但想了想以前的事，發現有太多東西被隱藏著，我想掀開蓋子看看裡面有什麼，但每個人都把手按上去，不給我看。我原本不相信人可以殘忍到這個地步，昨天晚上想了一整晚，卻發現，好像除了這個解釋之外，沒有別的解釋了。」我腦海裡浮現那漫天的哭喊聲，親屬們的憤怒，複製人們的狂怒，最近電視上來自親複製人派的輿論壓力，那陷入危機的市政廳，艱澀地說道：「遊行上千人死去不是因為意外，是謀殺，徹頭徹尾的謀殺。」

空氣剎那瞬間因為我的話陷入了僵冷，若嵐沒有說話，但我看到她握住茶杯的指節因為過於用力而發白。

「無稽之談。」若嵐淡淡地下了評論，「監察廳的人要求十二點半讓複製人離去，只是複製人沒有聽而已，最後才有接下來的事，如果要謀殺，不會這麼做，複製人監察廳對複製人的威懾力你不是不知道。」

我聽到若嵐說出這句話的時候，心中一沉，隨後湧起了無盡的悲哀，因為口乾而端起的茶杯也僵在半空。

即便早有預料，即便猜到了這種可能……但真的面對這件事的時候，我還是忍不住感到有生以來最大的失望。

「咚」的一聲輕響，我將茶杯放回原位，低聲道：「做為我工作的前輩，我很憧憬妳。」

「……」

「無論是什麼理由，我都不願意相信妳會參與這種事，可……呵呵，是我想簡單了。」

「……你在說什麼？」

「原來計畫是這樣的嗎？」我哈哈地笑了一聲，笑聲中卻毫無欣喜，有的只是濃郁到極點的傷感和憤怒。「竟然連新聞都不看，是因為愧疚嗎？」

若嵐眼裡冒出了怒焰，她沉聲問我：「你在說什麼？」

「遊行意外發生的時間不是十二點半，是十一點整。」

「……」若嵐的臉一下子變得慘白，她茫然而錯愕地看著我：「這……怎麼……」

「為什麼時間會提前？妳想問的是這個吧？」我見若嵐沉默不語，避開了我的視線，「原定計畫是十二點半沒錯，可是發生了一點小意外，整條遊行大道的周邊設施，只要有電子鎖的廁所，全被鎖住了。」

「……」

「所以提前了，因為有人發現，如果再不動手，恐怕複製人會真的走掉不少，呵呵呵呵……」看著若嵐臉上的表情，我莫名感到了一種扭曲的快意，這股快意痛徹心扉，如醍醐灌頂，只覺得曾經的自己真是傻得可愛。「這可真糟糕，對吧？如果他們都走了，還怎麼殺呢？」

若嵐看著我欲言又止，最後輕嘆一聲，「……我不知道會死那麼多人。」

「那妳承認妳知道這個計畫了？」

「……」

「你們的目的是什麼？」

「……我不能說。」若嵐搖搖頭。

「為什麼不能說？」

「說了，那些人就白死了。」

「……」我茫然地看著眼前的人，只覺得這種類似「一將功成萬骨枯」的臺詞不該出現在她的嘴裡，「那他們的公道該問誰要？」

若嵐端起茶，我看到她的手微微顫抖，但依舊強自鎮定，穩穩地抿了一口，隨後放下，被茶水潤過之後，她說話似乎也沒有之前那般艱澀，眼中的動搖漸漸消失，輕聲說道：「對複製人最奢侈的東西，就是公道。」

「原來我真的從來沒有認識過妳。」我只覺得全身無力，不由得靠向身後的椅背，「也行，至少我有走的理由了。」

若嵐看上去欲言又止，似乎想做出挽留之舉，但最後她只是輕嘆了一聲，「那你願不願意，走之前，送我一程？」

「你們的目的到底是什麼？」我故意忽略若嵐的問題。

「你就不覺得奇怪，為什麼關於遊行，你媽媽什麼都沒有對你說？」

「……」我當然奇怪，可如同姜肅生的事情那般，她不說，誰能逼她？

「所有人都一樣，沒有人會說的，連你媽媽都不會對你說。」

我忍不住驚詫地張大嘴巴，「妳是說，我媽媽知道這次遊行會……」

若嵐舉起手，打斷我的話，示意我讓她把話說完。

「她不知道會發生意外，但她知道目的，每個參加遊行的人都知道。」若嵐的話如同憑空出現了一座五指山，壓在我的心臟上，只覺得連跳動都有了壓力。「但沒有一個人會說，即便是自己的親人，他們也會守口如瓶。不是因為他們不想說，也不是因為他們不敢說……而是說不了，這是姜肅生的手筆，你明白嗎？」

姜肅生？難道是複製人監察系統？和自殺防止是一樣的性質嗎？但如果要用上這個系統的話，那近乎等於在說另一個可怕的事實。

難怪我媽關於姜肅生的事吞吞吐吐的，難怪到現在為止都沒有明確的證據來證明哪些複製人是奧米勒斯教的信徒，或者哪些不是，甚至到現在也沒有複製人說出任何關於奧米勒斯教方面的事。

「原來我從一開始就猜錯了，我竟然還懷疑妳是不是奧米勒斯教的人。」我近乎呻吟地說出了那個可怕的事實，「複製人裡，根本就沒有不是奧米勒斯教的人。」

不如此，是沒有必要使用系統封口的。隱藏汙染源的最好方法，那就是把所有的地方都汙染，讓人看不出分別來。

所有人都是，包括我的母親，也是那個以自殺為最終目標的宗教信徒嗎？

不，不對。

所有人都是奧米勒斯教信徒，但也可以說，所有人都不是。

任何一個宗教都不可能有百分之百招收信徒的成功率，先不說大環境根本不允許這樣的邪教大肆發展，就算這種宗教真的觀念正常，這麼多複製人裡難道就沒有一位腦後有反骨的？

就算是上帝，也不可能把所有人捏成一個樣，更何況複製人本來就有原型。除了孩子，人生觀基本都已經成型，不可能因為有個複製人的身分，就一定會去信教。

就如同那次遊行的意外，除了奧米勒斯教，我想不到還有別的團體可以神不知鬼不覺地讓他們去參加遊行，可從事後對遊行的掌握力度來看……這個宗教對信徒的掌控其實弱得可憐。

原因很簡單，因為這個宗教的首腦無法公開地、即時地下達命令，他只能按照自己預定的計畫來做事，禁不起計畫外的衝擊。

一個藏頭露尾的教宗，是不可能擁有強大的向心力的。

可奇怪的地方也在這裡，這樣一個對信徒沒有太大掌控能力的組織，為什麼可以有那麼大的影響力，可以將所有成年的複製人聚集到一起？

若嵐沒有否認我的話，可也沒有承認，甚至當我猜出這件事的時候，她也沒有動搖。

可是不對。

若嵐是不一樣的，她是複製人之中的特例！

「妳希望我能猜出來對不對？」我緊緊盯著她的雙眼，試探地問道：「妳不能告訴我，但妳希望我能猜出來，對不對？」

「你是這麼覺得的？」若嵐沒有回避我的視線，雙眼宛若深不見底的深淵。「你如果願意這麼覺得，我是無所謂的，反正所有的事，都已經快要和我沒關係。」

「妳和別的複製人不一樣。」

「哪裡不一樣？」

「不論是不是妳主動的，至少在妳這裡，我得到了大量『本不應該』得到的資訊，複製人監察系統對妳的標準是獨立的，妳和其他所有人都不一樣。」

若嵐聞言，點了點頭，可這種點頭並不是贊同，而僅僅是覺得我的想法很有趣的樣子，「很有意思的想法。不過，修元，我的時間不多了，我們可以別談這個了嗎？」

我和妳之間還有什麼可以聊的？

我本能地就想把這句話拋出去，可隨即便想到她現在的情況，是我造成的。

意識到這點的我，自然也無法說出太過絕情的話，「妳想說什麼？」

「明天是回收日，你能做我的負責人嗎？」

「……我覺得自己無法勝任，抱歉。」

「……為什麼？」

「我不想看著妳死。」

「是嗎，那就算了。」若嵐點點頭，語氣沒有變化，神情也沒有什麼動搖，但不知為何，我感覺到她心裡有一股濃濃的失望。

我將目光放到別處，心虛的感覺越來越重，旋即我站了起來，「我回去了。」

「不等餅乾嗎？」

「我不喜歡餅乾，心領了。」

若嵐似乎被我硬邦邦的回應搞得一下子不知該如何反應，良久，她才輕嘆一聲，「那好，再見。」

再見？哈……哪裡還能再見呢？

我忍著心裡的酸澀，卻沒有辦法好好地看她一眼，失去了怒火，失去了執著之後，我根本沒有面對她的勇氣。我沒有辦法原諒她，也沒有辦法責怪她，只能傻傻地站在那片灰色的不知名地帶，如同行屍走肉，茫然失措。

我將椅子放回原位，到玄關處收好拖鞋，穿上自己的布鞋，我感到身後跟著沉默的若嵐，本來不想說話的，但終究還是有些不甘心。

「若嵐。」

「嗯？」

「妳對死這件事，沒有恐懼嗎？」

「很多事，如果逃了，自然就會恐懼。可如果像現在這樣迎上去了，反而會變得勇敢。」

「包括死？」

「包括死。」

我站起身，打開門，在門口的時候終究還是轉頭看了她一眼，很認真地對她說道：「妳只是從害怕死這件事，變成了害怕逃，妳並沒有變得勇敢。」

第六章 回頭的意外，血染的地板

直到坐上地鐵，我才反應過來自己只在若嵐的住處待了一個小時，可帶給我的疲憊，似乎比得上整整一星期。地鐵的螢幕上播放著關於複製人遊行慘案的新聞，複製人監察廳被爆出和民間壓力團體「藍色純淨」有暗中的經濟往來。

藍色純淨是提倡自然生長、自然分娩、自然死亡的民間團體，是反對「複製人制度」的團體，早期組成時甚至可以稱得上是極端組織，最高一年曾爆發出五十餘起針對複製人的暴力事件。

這件事曝光後，再加上遊行執行時出現意外而造成的失控情況，複製人監察廳頓時陷入了公關危機。雖然目前複製人遊行慘案並沒有直接的證據是複製人監察廳的失誤所導致的，但在藍色純淨見不得光的贊助浮上檯面之後，複製人監察廳已然有了一種「犯罪嫌疑人」的味道。

第二人生公司也沒有擺脫複製人遊行慘案的責任，在複製人監察廳之下表露出了最惡劣的商人本性。被貼上了屈服、軟弱、貪婪等等的負面標籤。

但同時，也揭露了一個問題，複製人監察廳對複製人的監察權無從遏制。即便是擁有壟斷技術的第二人生，在面對生存壓力下，也不得不妥協，甚至為了保證複製人的生產量，配合複製人監察廳做出種種不人道的複製人管理措施。

在第二人生創辦人林仁凡剛剛去世的時間點上，股票本就已然大跌，再加上出了這樣的事，無疑是雪上加霜。

沒有任何一個得利者。

如果硬要說的話，可能就是未來的複製人因為這次的慘案有了一絲改變生活現狀的可能。因為政府會重新檢討對複製人的態度，複製人監察廳的權限也會得到更多的監督。

但是，這也僅僅是可能而已，誰也不知道會不會變得更糟。因為就在最近，「徹底廢除複製人制度」的呼聲再一次高漲。他們的邏輯也很簡單，複製人的不人道待遇很難改變，如果改變，就會侵犯一般人的利益，這屬於不可回避的階級鬥爭，既然如此……讓這個階級消失就可以了。

值得諷刺的是，這個說法還得到了不少人的支持。確實，比起解決問題，也許解決造成問題的人要更容易些。

「你看吧，這次是真的過頭了啦，還不知道誰倒楣呢！」

我聽到地鐵裡有人低聲討論，轉頭看去，發現是一名靠著扶手的年輕人，他一副看熱鬧的樣子，嘖嘖感嘆。「我們這個地方開明是開明，但也確實滿亂來的，複製人這種麻煩的東西也能搞出來真是服了。」

「你不喜歡複製人嗎？」一旁看上去是他女友的女孩皺了皺眉，「我還真不知道。」

「談不上喜歡不喜歡啦，反正跟我沒什麼關係，不過我家裡是有規矩的，哪怕人死了也不會申請複製人。」

「為什麼？」

「長得和親人一模一樣，想法也和親人一模一樣，但終究不是同一個人，對他好吧，感覺對不起死去的人；對他差吧，還是感覺對不起死去的人，這感覺多折磨啊。妳再看看，還有這樣的生活環境……」年輕人的眼神終究露出了點憐憫，「所以說複製人這種東西，就和受到基因虐待的純種貓狗一樣，註定活著就要受苦，本身就是一個不人道的東西。我反對虐待他們，但我也反對製造他們，複製人根本就不該有，停產也好，只是如果真的停產，還活著的複製人肯定更沒地位了。」

「為什麼？」

「如果停產了，那麼便不會有新的複製人誕生，誰還會為一群過幾年就徹底消失的人做什麼，吃飽了撐著？所以改體制、增加福利什麼的，根本就不用想。」年輕人嘿嘿冷笑了一聲，「頂多發明新藥讓他們死得痛快一點？」

我聽了他的話，覺得沒有什麼理由可以反駁。

確實，當一個群體註定要消失，誰還會為他們付出精力爭取權益？也許真的有這樣的人，可是這樣的人是不會有力量去改變整個社會，即便是政治家，也是得看選票。

以改善最終要消失的複製人生活狀態為政治目的，有多少市民會把票投給這樣的人？

我一下子覺得灰心喪氣，全無信心。可隨後我便反應過來，我都準備辭職了，還對這個那麼關心幹什麼？

重新開始，重新開始吧，修元。

我這樣告訴自己，聽著地鐵在地下道忽大忽小、轟隆轟隆的過軌之聲，卻分辨不出自己是心煩意亂，還是一片空白。

醫院是一個很奇怪的地方。這是一個總是飄著消毒藥水味的地方，可正因為飄著消毒藥水味，反而讓人覺得這裡不乾淨。因為如果不髒，哪裡還需要消毒呢？所以就算這裡是讓人可以得到救贖的地方，恐怕也不會誕生太多的歡聲笑語。

如果沒有病，哪裡還需要治？

有病，自然是一件讓人開心不起來的事。因為對複製人電磁脈衝的關係，母親雖然醒過來了，但因為沒有前例，所以還是在醫生的建議下住院觀察，防止出現二次傷害。

因為誰也不能保證，母親身體內的奈米機器人是否會因為這一次的事出現第二次故障。雖然確定了醫藥費會得到賠償，但因為還沒有決定是第二人生公司還是複製人監察廳負責賠償，目前只是由第二人生公司預先墊付了一些資金，相對積極的態度對比複製人監察廳來說，算是不錯了。

也正因為這一點，第二人生公司的風評沒有變壞，可複製人監察廳卻是進一步倒楣了。但憑良心說，一個政府的監察單位，如果真的一下子可以拿出這麼多的賠償金……下一步應該就是貪腐審查了。

畢竟這一次牽連實在太廣。

待我到了病房，還沒進門，我就聽到母親的笑聲，以及讓我聽了拳頭變硬的一個聲音……

「我跟妳說啊，阿姨，追女生這種事，就要萬花叢中過，片葉不沾身，這樣才能知道哪個適合自己，這方面我是專家！修元的戀愛問題包給我完全沒問題！」

畢竟吹牛不用交稅，所以申屠胡說八道的本事見漲，原因無他，唯手熟耳……

「你怎麼來了？」我走進去，看到母親旁邊床櫃上的水果籃，覺得上面的那一串香蕉長得分外不整齊，連帶著看申屠也不順眼了，滿臉嫌棄和警惕，「我妹妹還小，你不許接近她喔！」

坐在一邊蹲著擺弄電腦的老爸一聽，叼著草莓牛奶冷冷地看向申屠，一臉殺氣，似乎在看哪裡可以下刀。

申屠嚇得一抖，之後一臉受到侮辱的樣子，瞪著我：「我是什麼人，你還不放心？」

想了想申屠追女生失敗的次數，我略帶憐憫地點點頭，「倒也是……」

申屠一愣，似乎沒想到我就這麼回應，可之後他反應過來，臉頓時沉了下來。「感覺你好像不是因為信任我高尚的人品才點頭的。」

「做人那麼計較幹什麼？怎麼追女生？」

「有道理。」申屠大點其頭，竟然真的不在意了。

「話說回來，你怎麼知道這裡？」

「你妹妹到我店裡買草莓牛奶，我才知道你們家出這事啊，就問了她囉，你真不夠意思，這麼大的事不跟我說一聲。」

我忍不住苦笑：「抱歉，最近一團糟。」

「這樣啊，看上去很慘的樣子。」申屠摸摸肚皮，一臉欲求不滿，「我還沒吃午飯，我給你個機會招待我。」

這世上怎麼會有這麼厚臉皮的人？

我有心不給他這個面子，但看在母親還在床上笑咪咪地看著我，我也不好意思不給他面子，再加上多少還是有些感謝他來探望，就對母親點點頭說：「那我和他下去，妳有什麼想吃的嗎？我可以帶上來。」

「不用了，今天不是很有食欲。」

我便不再勉強。

出了醫院，申屠徹底放飛自我，硬扯著我進了一家一看就知道不便宜的店。好在點菜的時候他還算手下留情，竟然只點了兩份定食，連飲料都沒點。

「餓死了，我連早飯都沒吃。」

「為什麼不在自己的店裡吃一點？明明有賣吃的不是嗎？」

「喔，說到這個，我今天是想來和你說一件事的。」申屠站起到一邊，倒了兩杯冷水後回來，一杯放到我面前，「我不做了。」

「啊？」

「從今天開始，我不做了，便利商店。」

我心中一驚，上下打量了他幾眼，「出事了？怎麼那麼突然？」

因為姜肅生的事，申屠曾經猶豫過一段時間要不要繼續開店，但和我聊了一下之後，他還是進貨了，繼續做著自己的小生意，或者說，追著女店員。

可這一次又怎麼了？難道還沒走出陰影嗎？

「別多想，沒你想得那麼頹喪啦。」
「那到底怎麼了？」
「有點難以說明……」申屠比劃了半天，好像拙於言辭，最後用手指抓了抓臉，「這麼說吧，嗯……修元，你有沒有一種，老了的感覺？」
「還沒有。」
「那換一個，我問你，你是從什麼時候發覺，自己已經長大了？」
我眨眨眼，不是很明白他提問的意圖，「這是個循序漸進的過程，就算你這麼問我，我也一下子……」
「我以為你會馬上給我一個夠H、夠勁爆的答案呢……」申屠滿臉失望地「呿」了一聲，分外看不起我的樣子，而後，便指著自己說道：「我的話，是有一次喊一個沒見過的女親戚阿姨，結果她臉色很不好看，過了一會才知道其實她是我同輩的姐姐，就比我大一歲，所以那個時候我才意識到……喔，原來我到了喊人家阿姨會讓人不高興的年齡了，而且這麼成熟的阿姨居然只比我大一歲，我是不是也長大了？」
這麼一說，好像我也有這樣的經歷。

「前段時間，我如同往常一樣追求女店員，一切都很好，我還噴了古龍水，感覺自己魅力四射。」

真是讓人沒有辦法吐槽的日常。

申屠沒看我的臉色，繼續絮絮叨叨地說著：「你知道追女生這種事，肯定要尋找共同話題的，然後就聊到音樂上了，當時她說了一個我從來沒聽過的樂團名字。」

「就這個？」我神情古怪地問道：「覺得自己落伍了？」

申屠搖搖頭，「當然不是啊，現在這種網路社會，出個新樂團不是很正常嗎？」

「那怎麼了？」

「那天晚上我找了那個樂團的專輯，聽了一下……嗯，很好聽，非常好聽，甚至比我以前最喜歡的歌手唱得還要好。」申屠滿臉感嘆，還輕輕鼓了鼓掌，「看資料才剛滿二十歲呢，現在年輕人怎麼這麼厲害，不讓人活了啊。」

「但是？」我自然知道他肯定還有個轉折。

「對，就是這個『但是』。」申屠笑了，笑得有些悵然。「不知道怎麼回事，不僅喜歡不起來，還覺得好累，好厭煩，對自己上網浪費時間找歌這件事感到後悔。以前聽人講過，說年紀大了，接受力就會下降了，我不想承認這個，但這好像是真的。」

我摸摸下巴，「你才三十五吧，還算是年富力強的時期呢，怎麼就服老了？」

「是三十二，你這個混球。」申屠笑罵了一句，看上去十分不願意被我叫老，

「也不是服老，只是……我最近突然感覺，再這麼下去，我以後恐怕會失去很多喜歡的東西。」

說到這裡，服務生將定食端了上來，一份是我喜歡的青椒肉絲套餐，而他的則是炒飯煎餃套餐，我剛拿起筷子，他便讓我停下來。

「等等，先別吃。」

「你幹麼？不是餓了嗎？」

「要不要交換？」他指了指桌上的兩份定食。

他今天是吃錯藥了？我狐疑地問道：「幹麼換？你不是不吃青椒嗎？」

「我知道，你喜歡嘛，所以才說換換。」

「你……」

申屠不耐地說道：「你就說你換不換吧，乾脆點！請客居然還這麼小氣。」

「行行行，我換。」看在今天申屠不正常的分上，我決定還是讓著他一點，將我和他之間的餐盤調換了一下，「反正我又不是不能吃炒飯。」

然而我看到他夾了筷青椒肉絲放進嘴裡，一張臉頓時變成了苦瓜臉，「我靠，這麼難吃的東西怎麼那麼多人可以吃下去？」

「是你自己要吃的。」

申屠再夾起一口青椒肉絲，猶豫之後還是放下，隨後再夾起，如此反覆了幾次之後，他嘆了口氣說：「還是換回來吧。」

「滾。」你最初就別換啊！

「幹麼？小氣鬼。」

「髒死了。」我一臉厭惡，這個是底線，沒得商量。

「我就吃了一次，連第二次都沒夾呢，髒什麼？」

「心理上無法接受你吃剩的東西。」

「神經病。」申屠哼了一聲後，便開始挑著青椒肉絲裡的肉絲吃。

「為什麼要吃自己不喜歡的東西？」

「你知道我喜歡喝甜的，店裡那些飲料我基本上都喝過了，所以那種苦茶、黑咖啡什麼的我從來不喝的，不過前幾天我喝了一種，竟然意外的不錯喝。」

「喔，然後你就開始喝茶和咖啡了？」

「沒有，我又去喝甜飲料了。」

「……」這人在說什麼亂七八糟的？

「然後發現，比原來更好喝了。」

我看到他似笑非笑的表情，覺得他意有所指，「你想說什麼？」

「不要老依賴自己喜歡的東西，否則時間長了，喜歡就變成了習慣，而習慣裡面，沒有『喜歡』的空間。」說到這裡，申屠意味深長地問道：「而在這種情況下，你知道該怎麼重新喚回對這件事物的喜愛嗎？」

「怎麼做？」

「失去它就可以了。」

「……」我愣了一下，不知道該如何評價，所以低下頭，用湯匙盛起炒飯吃了起來。

炒飯塞到嘴裡，便是一股濃濃的蔥香，柔軟的雞蛋包裹顆粒分明的彈性飯粒讓我的唾液分泌，食欲不由得微微一振。但申屠沒有停下他的話，他在那邊口齒不清地邊吃邊聊。

「你現在是不是開始討厭一些原來自己覺得挺喜歡的東西了？」

「你指什麼？」我停下要把炒飯塞到嘴裡的湯匙，皺眉問道。

「比如說口香糖啊，你有段時間沒到我這裡買了。」申屠夾著肉絲，就著白飯扒拉到嘴裡，含糊不清地說道：「再比如說，工作啊，你看我，我就準備換工作了，你不想換一個？」

「……」

「再比如，某個人。」

我頓時覺得心裡湧上了一股煩躁，放下湯匙，剛才浮現的食欲好像又消失了。「……你都知道什麼了？說話拐彎抹角像個神棍似的。」

「我今天說謊了。」

「嗯？」

「我不是主動問你妹妹伯母住哪家醫院的。」

主動？我注意到了這個微妙的形容。

「是伯母讓我來的。」

這倒是出乎我的意料之外，我沒有在意為什麼我媽會想到找他，畢竟他是離家最近的一家便利商店，經常在他那裡買東西，一來二去自然就熟了，我媽也知道我和申屠關係不錯，「她找你幹什麼？」

「她說你現在很苦，但她自己不適合安慰你，如果是來自她的安慰，你會更愧疚的。」

「……」我沉默了一會，苦笑道：「我猜她沒讓你對我說這些。」

這頓飯吃得真難受。

申屠點點頭，他看上去完全沒有隱瞞的意思。「那當然，但我覺得還是跟你說比較好。」

「是嗎……」

「有一次你跟我說，如果用悲劇做一個故事的開頭，那大多情況，故事的結尾也會是悲劇，我當時有聽進去。」申屠拿出我曾經用來勸解他的話，感激地朝我笑了笑，「其實從上次我外公的事發生後，我就覺得，不僅僅是我，你也可能會出問題，這次又出了這麼大的漏子，所以當作投桃報李，這次輪到我給你一個建議了，也是關於結尾的。」

「什麼？」

申屠伸出一根手指，眼神變得深邃起來，語調舒緩而沉穩。「如果你討厭曾經喜歡的某些事或者某些人，正在考慮離開，那麼一定要記住一個原則。」

「什麼原則？」

「如果是一旦失去，就再也要不回來的人事物，那麼至少要把結尾的遺憾扮演得漂亮一點。」

「為什麼要糾結這種事？」我哼了一聲，嘟囔了一句。「反正都要失去了不是嗎？」

申屠微微一笑，笑得瀟灑脫之極，和以前追女店員的猥瑣笑容完全不同，讓人眼前一亮。「人想起自己失敗的回憶時，臉上掛的是緬懷還是憤怒，都是由結尾決定的……嗯，我也就是這麼一說，你自己考慮。」

申屠把這個話題延伸到這裡，便不再深入，反而將話題引開，開始聊自己的事。他說要出去旅行一陣，可能要幾個月後才回來，到時候要找什麼工作看心情。

我自然鄙視了一下這種完全沒有計畫的隨興主義，吐槽他做事真的和開便利商店一樣都是意識流，不知道哪裡來的勇氣。

他完全不在乎，並告訴我他勇氣來自哪裡。

他有錢。

好吧，這個理由很現實也很強大。

「有這個優勢，你居然沒有把上一個女店員。」

申屠做出浮誇的憤怒表情，他如同政治家試圖煽動群眾一樣揮舞著雙臂。「有錢就可以買到愛情嗎？」

我冷冷一笑。「有錢當然可以買到愛情，如果買不到，只證明了另一件事，那就是有錢真的買不到腦子。」

申屠一臉深受打擊的樣子。

待把申屠送走，時間已經到了快吃晚飯的時間，我買了點零食點心送進醫院，在母親的注視下有些不安地坐下來，躊躇一會，覺得還是不要把申屠的話告訴媽媽比較好。

畢竟申屠在我面前轉手就把她賣了，雖然我知道媽媽肯定不會生氣，可畢竟多一事不如少一事。

我看到母親靠在病床上，略帶擔憂的神情，不由得握住她的手說：「別擔心。」也許是我的手足夠有力，傳達出某些訊息，讓母親微微一怔之後，臉上便露出了溫暖的笑容，點點頭，「嗯，不要太勉強自己。」

我不會讓妳失望的。

之後我便站起身，走出醫院，掏出手機，撥電話到若嵐的別墅。

我覺得，我明天還是得去。

申屠說得沒錯。

人想起自己失敗的回憶時，臉上掛的是緬懷還是憤怒……

都是由結尾決定的。

電話那頭鈴聲持續響著，沒有人接。

我微微一怔，想了想決定還是過一會再打給她好了。於是轉身回了醫院，陪父母吃完晚飯。這一個多小時裡，我的手機還是沒有接到回電，於是我再次走出醫院，天空已經漸漸暗了下來，下起了毛毛細雨，我站在醫院門口的屋簷下，再撥了一次手機……

還是沒人接。

我心裡突然有了一些不安，看一下時間，發現現在已經接近下班尖峰時間，便打消了叫計程車的想法，向警衛室的保全借了一把透明雨傘，直接向地鐵走去。

搭上地鐵，過了整整一個半小時我才到站。

不祥的預感越來越濃，我出站之後開始快走，然後變成了小跑。

當我跑到若嵐別墅門口的時候，夜幕之中，門口的廊燈開著。

而那扇門……

也開著。

「轟隆隆……」遙遠處，傳來了滾滾的雷鳴之聲。

我僵硬著身軀，走上門口的臺階。

地板，殷紅似血。

不，那真的是血。

我忍不住屏住呼吸，把雨傘放到一邊，脫下鞋子後，小心翼翼地走進去。

映入眼簾的，是側坐在椅子上，將臉頰靠在椅背上的若嵐。她穿著的那件白色連身紗裙，已然染上了不該有的殷紅。

「鄭修元？」

恍惚間，我好像聽到了若嵐第一次看到我，輕聲詢問的樣子。

我忍不住向前走了兩步，卻被腳上的黏膩吸引了注意，我呆愣地低下頭，白色的襪子，踩進了紅色的領域，紅色侵染了白色，變得越發鮮明，附近盡是血色的鞋印，看上去是拖鞋的印記，桌子上一片狼藉，天堂鳥也散落一桌。

「嗯，也沒什麼，只是我一看到你就覺得你膽子很小，但沒想到你會忍不住問問題，比我想得好。」

血已經涼了……

我聽著回憶中的聲音，覺得腳下的血跡假到讓人想笑出來，然後，再大聲哭出來。

「複製人不是人，是商品，也是財產。」

我抬起頭，看著那曾經說出殘忍事實的女子，期望她能再說一句讓我憤怒到想要大聲反駁她的話。

可我盯了她很久，她也沒有開口，甚至沒有睜開眼看我一眼，只是彷彿聽到她在說。

「你身上的學生味，還是挺濃的。」

第七章 名片的殺機，無罪的謀殺

淅瀝瀝的雨在窗外下著，晚風透著略帶涼意的氣息，吹著沒有被束好的白色窗簾。黃昏之下，我看到那個人側坐在紅木椅上，上半身則如同曾經坐在我前排的女同學回頭對我笑一般，右腮壓著右手，靠在椅背上。

她雙目已經閉合，臉色蒼白，再無往日的鋒銳，反而透著三分柔弱。

我僵硬地站在門口，目光順著她的臉頰，掠過她的長髮。她修長的左手軟軟地垂下，略帶黏稠的液體，由那白皙的手腕上滑下，自指尖滴落，在地板畫出紅色的圖案。圖案上有著凌亂的腳印痕跡。

她半邊身子的衣服已經溼透，白色連身紗裙被染成了紅色。

彷彿被一種莫名的力量控制，宛若機器人一般近乎拖行一樣地走了過去。我的心裡充滿了恐懼和悲傷，兩股濃烈的情緒讓我的呼吸變得越來越急促。

「呼……」

呼吸聲變得沉重而清晰，心臟也快要從喉嚨裡跳出來，我怔怔地看著離自己越來越近的熟悉面容，伸出了顫抖的手，卻在即將碰到她的剎那停了下來。

「呃……」

我無意識地低呼了一聲，只覺得自己的內臟在一瞬間猛地抽疼了起來，而且越來越疼，疼到無法自已。直到我看到那張蒼白的臉上，那雙緊閉的眼驀然睜開，眸子裡映射的，是我從未見過的譏諷。

「——！」

滿頭大汗地躺在床上，我驚魂未定的喘著氣，好一會，我才定下神。可平靜之後，卻發覺自己的內心如同被投放了名為悲傷的透明藥丸，莫名的情緒逐漸化開，卻找不到那枚藥丸在哪。

讓自己平靜之後，我才想起自己還在警局。

為什麼在這裡？

我並不想回答自己這個問題，因為這只會讓我想起夢中經歷的畫面。

做噩夢醒來後最可怕的事是什麼？

是發現，原來噩夢竟然是真的。

若嵐死了，而我是屍體發現者，所以從昨天晚上開始，我便待在警局裡，並被半強迫半勸阻地在這裡迷迷糊糊過了一夜。

篤篤。

我理了理皺巴巴的衣物，正打算應聲讓人進來，門卻已經開了，這種禮貌往往代表了那個人的一種奇特態度——他根本不在乎我的想法。

也可以說，這種禮貌代表對方還擁有所剩不多的耐心，而不是善心。

「您可以走了。」來的是一位穿著制服的年輕員警，他淡漠而公式化地對我說道：「很抱歉浪費了您的時間，請回去休息吧。」

「什麼意思？」

「就是您的嫌疑已經被洗清了，謝謝您的配合。」

雖然對自己被懷疑的事早就有所預料，但聽到他此刻的回答，終究還是忍不住冒出一團火，「那總得給我個說法吧？這到底是怎麼回事？殺人犯是誰有頭緒了嗎？」

年輕員警的表情僵硬，但我看得出來他猶豫了一下，斟酌著語句說道：「嚴格地說，沒有殺人犯。」

「啥？你不會想說那是自殺的吧？那把刀是從她背後捅的！」

「沒有人死，當然就沒有殺人犯了。」

「若嵐還活著？」

「她是死了。」

「那你還……」

「她是什麼身分你不知道？」年輕員警聳了聳肩，略帶嫌棄地看了我一眼，「昨天晚上你故意不說，讓我們白忙了一整晚，現在是誰動的手也知道了，所以我們連案子都不用立。」

自治市員警查案的效率讓我驚訝，於是忍不住問道：「是誰？」

年輕員警皮笑肉不笑地說道：「不好意思，我們有保密義務，不能和無關者亂說的。」

「……」

「誰動的手都知道了還不立案？林蕭然林專務在哪？他怎麼會允許你們這麼輕率地……」我冷冷地瞪著他，雙手緊握，憤怒在胸腔裡翻湧，「你們等著被起訴吧！」

「你說他？」年輕員警嘆了口氣，略帶疲憊地對我擺了擺手，語氣漸漸不耐，「你還真的什麼都不知道啊……」

「什麼意思？」

「因為最不想立案的人，就是他。」年輕員警半憐憫半嘲諷地看著我，而哪怕是那份憐憫，似乎也僅僅是針對我的情緒，而不是那個已經再也沒有辦法做出任何回應的人，「真遺憾啊。」

這怎麼可能？

那可是若嵐，是他妹妹！

我憤怒地剛想反駁，可卻突然意識到一件事。

對社會來說，若嵐是不該存在的複製人，而林蕭然……必然不想把事情鬧大。

這就是結尾了？

哈哈哈……

我心裡滿是對自己的嘲諷，亂成一團的心緒讓我無法分辨自己現在到底是一個什麼樣的狀態。

直到我坐在積滿熱水的浴缸裡，才突然驚醒過來。

嗯？

喔……原來我已經回來了啊。

不過我是怎麼回來的？

我完全不記得自己是怎麼回家的，不記得自己是叫計程車，還是搭地鐵，我甚至不記得自己有沒有吃完飯。好像人生中有一段就這樣變得空白了。

「……嬉しくて笑顔溢れ出す日々を過ごすから……だけど悲しくて涙流した夜でも繫がれる……」（註2）

放在一旁洗手臺上的手機傳來了歌聲，我意識到自己是被這舒緩的歌聲驚醒的，我怔怔地看著手機，但卻沒有想要接起來的欲望。

過了一會，音樂停了下來。

但沒多久，手機鈴聲再次響了起來，心裡總算有了點波瀾。我抱著想要安靜一點，接起來隨便打發一下的想法，用溼漉漉的手把手機拿了過來。

來電顯示讓人意外，是許渝媛。

我接起電話，「喂。」

「哎？居然接電話了！我打了七、八通電話了都！」

「怎麼了？」

「今天警察來了，然後又見你沒來，以為你出了什麼事呢……」

註2　出自《Love Letter》一曲，大意是：雖然過著因為欣喜而露出笑容的每一日，但也連接著因為悲傷而淚流的每一晚。

是嗎？她還不知道若嵐的事。

我猶豫了一下，還是決定不告訴她了，因為沒什麼意義。反正就算是不出事，今天若嵐也要被回收了，何苦再說這些讓她難過呢？

「嗯，我有點私事而已……」我含糊地說了一句，扯開話題，「那妳知道那些警察來幹什麼？」

難道是因為遊行的事查到公司身上了？

「聽說昨天，喔不，是今天凌晨，有賊進來了呢。」

「賊？少東西了？」我微微一愣，「小偷進來了？保全不是有看監視器，還有定時巡邏的嗎？居然沒發現？」

「聽說是偷懶了，半夜把公司裡的監視器螢幕當作電視螢幕看色情片呢！不知道他這麼做多久了，總之發現好幾個監視器其實早就被他搞壞了，但他一直沒說，當班的是個超肥的單身中年油膩大叔，不奇怪啦……聽說他今天被解雇了。」許渝媛不屑地哼了一聲，「我們部門被翻得亂七八糟，也沒少什麼，不過聽說那些天堂鳥……好像被摔碎了不少。」

摔碎了？

那些特別的天堂鳥看上去似乎是浪漫主義的產物，可實際上是系統和複製人之間聯繫的一道生物程式科技，大大減少了系統定位複製人以及分析複製人身體狀態所需要的運算量。

這也是為何複製人死去之後，花會開的原因，因為天堂鳥感受到了複製人的死去，才會開花來表示任務的完成。

金錢的世界不需要浪漫。

可除此之外，再也沒有什麼別的作用，除非是擁有複製人監察系統的第二人生公司，否則對其他人來說就是一朵永遠都開不了花的花苞而已，至少表面上就是如此。

「為什麼會被摔碎？」我記得那一層對小偷來說，也沒什麼特別值錢的東西。

「不知道啊，可能是偷東西亂翻然後找不到有用的所以發洩吧，其實也沒關係，這種東西，讓複製人過來再補做一個就好了，也沒什麼大不了的，就是工作量大了點。」說到這裡，許渝媛把話題轉到一個我沒想到的地方上，「你……最近有見過若嵐嗎？」

我不知道該怎麼回答——我見過，然後當天她就死了？

「沒，沒見過……」

「喔，那你什麼時候來上班啊……」

「對不起。」

「啊？」

「對不起，今天先到這裡吧，我這裡……」我的聲音乾澀，甚至開始變得嘶啞，「有點事。」

「對不起，我好像有點魯莽了，明明你那裡也是一團糟。」

「這沒什麼的。」

說完這句，我和她都沒說話，氛圍變得有點尷尬。隔了一會，她開口說道：

「……總之，有需要的話叫我喔。」

「嗯，謝謝。」

我掛了電話後，便起身擦拭身體，換上衣服時，卻聽到門被打開的聲音。我走出浴室查看，發現父親的身影，他手上提著大包小包的東西，額頭微見汗水。

「你怎麼回來了？」

「你媽今天出院，不回來回哪？」父親說了這句，我才反應過來今天是母親出院的日子，原本陰鬱的心情不由得好轉了不少。

「修元？你在家啊……」母親跟在父親身後進來，看上去身體沒什麼大問題了。

我勉強笑了笑：「嗯，今天臨時有事，就沒去醫院接妳，妳身體沒事了？」

母親點點頭，臉上露出微笑，「嗯，醫生說接下來每個禮拜還要去複診，但應該沒事了，這段時間辛苦你了。」

「不，我沒做什麼……」

父親放下行李，站起身看了我一眼，突然挑眉，「決定不做了？」

「嗯，我今天打算整理一下，明天就去遞交辭職信，不過不知道會什麼時候放我走就是了。」

父親點點頭，一點情面都不留，「我只養你半年喔。」

我見父親蹲在地上整理東西，想要去幫忙，卻聽到他讓我先把自己的東西整理好，不用我幫忙。我看了母親一眼，見她點點頭，倒也樂得清閒。

我回到房間，將自己包裡的東西一件件掏出來，等到我整理名片的時候，看到一個名字，手微微一僵。

是林若曦的名片。

我抿了抿嘴角，順著心裡那股憋悶的火，狠狠地一撕——

「啪。」

似乎有一個小東西從名片裡掉出來，桌上有一個約莫指甲大小的黑色方塊。

我好奇的撿起來，左右正反看了看，發現有一面隱隱露出了金屬的光澤。

這是什麼？

我隱隱覺得有些不對，便轉身開了房門，走到父親面前，「爸，這東西是什麼？」

老爸瞥了一眼，皺眉道：「你手機剛買，這麼快就壞了？」

「啊？」我微微一愣，隨後搖頭，「沒壞啊……」

「沒壞怎麼GPS定位接收器都掉出來了？」

GPS定位接收器……

GPS定位接收器？

GPS定位接收器！

「你確定？」

見父親點點頭，我頓時瞪大了雙眼，只覺得腦門都炸開了，呼吸忍不住變得急促起來。前所未有的自責和愧疚如同海嘯一般將我淹沒，連吐出氣泡的餘地都不存在。

我害了她。

是我害了她……

我只覺得腦袋裡突然出現了極為尖銳的疼痛，眼前的事物隨著這股疼痛都變得模糊而重疊，彷彿有好幾個不同的世界出現在我眼前。

我忍不住扶住額頭，耳邊隱隱傳來家人的呼喊，但呼喊漸漸遠去。

最終，變成了一片昏暗。

消毒藥水的味道讓我皺眉，隨即睜開眼。

白色的天花板，手上插著針頭，頭上包裹著紗布繃帶，一切的一切都讓我感覺不適。可當目光聚焦到窗邊之時，我卻愣住了，脫口而出——

「若嵐？」

等等，不對，若嵐已經死了，是林若曦！

窗外昏暗，已經很晚了，只有室內的燈光照耀。林若曦沒有說話，只是微笑地看著我，神情恬靜而悠然，靠窗那一面的側臉有一塊陰影，陰影中似乎有一種我沒有辨認出來的情緒。

她舉起手，不知道從哪掏出了一本書看了起來，書上有著白色的封皮包著，不知道是什麼書。**「到底要拯救的是良心，還是性命？這是你的問題，不是我的。」**

不對，不是林若曦！是若嵐！

「醒了？」

發出聲音的不是若嵐，而是坐在一旁的母親，我這才意識到她坐在我旁邊。

「好端端地怎麼暈過去了？哪裡不舒服？」

暈過去了？

我茫然地搖搖頭，「沒什麼不舒服。」

「喔，那我先去叫醫生。」

我心中一動，好像是上一刻自己還在家裡的感覺，可我心思沒在這裡。「媽，怎麼若嵐在這裡？」

「若嵐？」母親一臉的疑惑，「你說誰啊？」

「就是……」我的手向窗邊一指，隨即便僵住了，窗邊，哪裡還有什麼人？

「還是不舒服嗎？沒事的，我去叫醫生。」母親站起來，向病房外快步走了出去。

「為什麼不最後再送我一程呢？」

這個聲音響起的瞬間，我忍不住頭皮發麻——因為這個聲音近在咫尺！

我僵硬地往左邊轉過頭去，發現若嵐再次出現，捧著那本書，雙眼依舊沒有看我，手指拈著書頁，即將要翻過去的樣子。

我到底怎麼了？是精神出問題了嗎？

我意識到這一點的時候，頓時有些緊張，原本昏昏沉沉的大腦反而一下子清醒了不少。

「你為什麼不幫我呢？修元……」

「幫妳什麼？」明知道眼前的若嵐不是真的，卻依舊忍不住回話。

書頁翻過，若嵐沉默，她好像完全沒有聽到我說的話，而之前的問話也只是她的自言自語，她根本不在乎有沒有人會回答她。

「你在和誰說話？」

一陣沉穩的男低音響起，我轉過頭，是一名穿著白色醫師袍的男醫生，他臉上帶著些許疲憊，甚至還帶著趴著睡覺時的痕跡。

「現在幾點了？」

「凌晨四點，你昏過去差不多六個小時，有什麼不舒服的嗎？」

原來已經過了這麼久。

我將我看到的東西告訴醫生，聽完他皺起了眉頭。「幻覺啊，可能是因為撞到腦部的關係，那先住院觀察一下，不用太緊張，很多都只是暫時性的。也不要在意幻覺，幻覺大多沒有什麼邏輯性，影響不了什麼。不過我還是先給你配點藥，穩定一下，畢竟你摔倒的時候受了傷，優先讓自己休息恢復比較好。」

「好的，麻煩醫生了。」

待醫生離開，過了一會護士過來了，她手上拿著一包小紙袋包裝的藥丸，放到我的床頭。「飯後每次兩粒，如果有什麼不舒服，請按一下您腦後的鈴通知我。」

我道了聲謝，她便走開了。

母親等他們走後，才溫聲問我：「肚子餓不餓？我給你熱便當？」

「不用，謝謝。」

我搖搖頭，沒有什麼胃口，回憶了腦中的記憶後，呼吸不由得微微一滯，

「媽，我要出院。」

「這怎麼可以？醫生剛才不是說要觀察一下嗎？」

「我沒事，如果不舒服，我會老實來醫院的。但我現在沒有辦法老實地躺在醫院裡，我還有事要做。」

「不管怎麼說，你還是先睡一下吧，就算要出院，也要等天亮後人家上班吧？」

「……嗯。」

也許是之前昏睡的關係，我躺在病床上睜著眼睛怎麼都睡不著，倒是母親在躺椅上睡了過去。正當我想閉目養神的時候，看到若嵐出現在門口，她靜靜地看著我，一言不發。

只是幻覺而已，不用管她……

我這麼告訴自己，然後閉上眼睛。可雖然什麼都看不見，我卻依舊感覺得到

那目光在身上游移，這目光的存在感讓我覺得自己身上彷彿有一隻小蟲爬來爬去，格外不自在，讓我忍不住睜開眼，看向她，「妳是來怪我的嗎？」

「……」

「妳是來怪我，是我害死妳的嗎？」

若嵐搖搖頭，她臉上帶著淡淡的失望。「如果讓愧疚影響你的判斷，根本稱不上勇敢的承擔責任，而是懦弱的自我陶醉。」

什麼意思？

「你明明都看到了，為什麼會忽略呢？」

這句話響起的剎那，我的腦中突然響起如同爆炸一般的耳鳴，頭忍不住發暈，可與此同時，我卻彷彿意識到有一種極強的違和感。

宛若一杯純淨之極的清水中，混入了一滴油，融不進去，卻也分不出來。

忽略？

我忽略什麼了……

醫生說幻覺不存在什麼邏輯，應該不用在意……

不對！

肯定有什麼地方錯了！可到底是哪裡錯了？

耳鳴沒有在腦中停止，甚至有越來越響的趨勢。隨著聲音的變大，我感到了痛苦，可矛盾的是，大腦思緒卻運轉得越來越快……

隔了好一會，一個資訊如同一道光降下，腦中的痛苦如同冰雪一般消融，忍不住倒吸了一口冷氣。

我拔掉手上的針頭，從床上下來，悄悄地拿起衣服換上後，瞥了一眼依舊熟睡的母親，看著她略顯疲憊的臉，想了想還是沒有叫她便離開了醫院。

待我出了醫院，發現天色已經亮了，有些早點攤已經在路旁準備營業。

我直接去公司，但因為時間太早，才早上六點，公司的大門還沒有開。我拿出手機，給母親發了一則訊息，告訴她我的情況，並麻煩她醒來後幫我辦理出院手續。

而後我從電話簿中找到林蕭然的電話，撥了出去。

鈴聲響了第二聲，電話就通了。

「……喂。」林蕭然的聲音略帶了點沙啞，語音低落，卻沒有什麼睡意，聽起來不是被電話吵醒的樣子。

「林專務，你今天會來公司嗎？我想跟你談談。」

林蕭然嘆了口氣，「修元嗎？事到如今，你還有什麼想跟我談的？」

「就是因為現在這種情況我才來的。」

「……那你可以直接來公司，我在辦公室。」

「現在？」

「嗯，我沒回家。」

既然這麼說了，我自然也不客氣，直接搭電梯到了林蕭然的辦公樓層，門口的劉祕書看到我，淡淡說了一句：「他說如果你來了，可以直接進去。」

我輕輕地道了聲謝，便走到門前敲響了門，門裡傳來一聲疲憊的聲音。「進來。」

我走了進去。

我從未見過如此頹喪的林蕭然。

他一直給我一種遊刃有餘的灑脫，喜歡把自己打扮成那種惡俗的花花公子氣質，即便偶爾露出鋒芒，也能讓人感覺到這個人是那種極難被擊垮的類型。

他沒有坐在自己的辦公椅上，而是半躺在沙發上，手裡捧著一本書在看。這年頭，紙本書已經很少了，大多被當作裝飾品和奢侈品。

林蕭然在那本書上似乎下了不少的功夫，書頁之間露出數截標籤，書染著近乎深褐色的汙跡，從他的習慣上來看——應該是咖啡漬。

看來他這幾天真的很亂，連書都弄髒了，明明我上次看到的時候還乾淨如新。他的劉海略顯凌亂，下巴也露出參差不齊的青澀鬍碴，桌上擺了一瓶已經開了封的白蘭地，沒有杯子，但似乎已經被他喝了一半。

他頭抬都沒抬，「來了？」

「嗯。」

「來辭職的？」

「嗯。」

「辭職信放桌上，做完這個月你再走吧，你部門的人跟我說人手不夠，你先幫幫忙。」

「……」

因為沒有等到我的回應，林蕭然抬起頭，我看到他眼白處隱隱浮現的血絲。

「這麼點事，你都無法答應……嗯？你受傷了？怎麼搞的？」

他看到我頭上包著的繃帶，不由問道。

我看著面前這個頹喪的男子，沒有理會他的關心，輕聲問道：「林若曦在哪裡？」

林蕭然聽到這個問題，皺起了眉，隨後他闔上書，把書擺在桌上，「你問她幹什麼？」

「有事想當面問她。」

「你就跟她見了兩次面，有什麼事好問的？你不如直接問我。」

「我問她，自然有問她的問題；對你，也有問你的問題。」

「什麼問題？你問。」

「為什麼撤案？」

「她是複製人，要立案本來就困難，況且公司現在這樣，你也知道有難處的，她的事不可以鬧太大。」林蕭然的語調苦澀而低沉，眼裡洋溢著痛苦。「她是我妹妹，如果不是實在沒辦法，我怎麼可能不給她討一個公道？」

「她是你妹妹的複製人，不是你妹妹。」

林蕭然的臉一沉，「不用你提醒，這件事我比你清楚。即便她是複製人，但我就是把她當妹妹看的。」

說完這句，他拿起桌上的白蘭地，直接就著瓶口灌了一口，好像想要用酒精來麻痺內心的痛楚。

「你只把林若曦當妹妹。」

「你要說什麼？」

「若嵐是林若曦殺的。」

砰！

酒瓶被林蕭然狠狠砸在桌子上，底部直接碎裂，露出尖銳鋒利的破口。他站了起來，握著滴著酒液的破瓶瓶口，冷冷的看著我，森然的氣勢混著酒香瀰漫在整個房間。「話不要亂講，我知道你和若嵐關係好，但不代表你可以隨便潑髒水給我的親妹妹。」

我嗤笑一聲，嘲諷著反問，「好像是你告訴我，她想殺若嵐想到都快著魔了吧？」

「那又怎麼樣？她根本不知道若嵐在哪裡。」

「林若曦在第二次見面的時候給了我一張名片，裡面有GPS定位接收器，我見完若嵐之後，當天她就死了。」

她跟蹤我，因為我的大意，導致若嵐被她殺死了。

想到這裡，我不由黯然。

林蕭然微微一愣，隨後便道：「接收器在哪裡？給我看看。」

「我沒帶來。」

「那你明天帶過來。」

「你猜我會不會帶過來？」

我和林蕭然的對話一句接著一句，中間近乎沒有喘息的餘地，這可能是我遇見他以來第一次如此針鋒相對。

林蕭然的臉頰抽搐了一下，他深深吸了一口氣，看上去在強迫自己冷靜下來。「你東西不給我，我怎麼信你？」

我看了看他握在手上的碎酒瓶，「那你覺得我現在信不信你？」

林蕭然注意到我的目光，便把碎酒瓶丟在地上，踏前一步，盯著我的雙眼，「那你信誰？」

我毫不示弱，「我信記者，他們肯定喜歡新聞。」

林蕭然笑了，笑得沒有絲毫溫度，他一邊點頭，一邊問道：「你到底想幹麼？」

「我說了，我只是要見林若曦而已。」

林蕭然嘆了口氣，他疲憊地用手抹了一把臉。「我沒辦法。」

「為什麼？」

林蕭然苦笑：「她不見了，我也在找她。」

如果他說的是真的，這倒是有些出乎我的意料，「什麼時候？」

「若嵐死的時候，我就去找她了，但她消失了。」

「那你應該早就已經懷疑她了吧？」我冷笑一聲。若嵐死的當天，最有嫌疑的林若曦就此失蹤，他如果沒懷疑過自己的妹妹，我就把那酒瓶吃下去。

「……」

「跟我要GPS定位接收器，是想毀掉它吧？」

林蕭然坐回沙發，頭仰天靠在沙發椅背上，雙眼無神，「我就只剩這一個妹妹，我不想她出事。」

「省省吧，若嵐是複製人，最後的結果頂多是罰款賠錢，受害者還是你自己家，連賠錢都不用，你只是不想公司出事而已吧？」

林蕭然聞言，眼中重新浮現寒意，可隨後便隱去了，他搖了搖頭，重新拿起桌上的書，「人總是要向前看的。」

我聽到這句話，便覺得怒焰在胸腔裡升騰。「向前看？你向前看什麼？若嵐死了，林若曦失蹤，林仁凡董事長也已經去世，你周圍還剩下誰？你還能看什麼？前段時間的複製人遊行你看到了嗎？你看到你想看到的了嗎？」

一連串的質問，讓林蕭然沉默。

「看來我們沒什麼好聊的了。」我意識到這次的對話已然結束，林蕭然不知道林若曦在哪，或者說，即便知道，他也不會告訴我了。

因為他知道，已經瞭解他目的的我，是絕不會把GPS定位接收器交給他的。

而對我來說，那件東西也變得如同雞肋一般，我本來想拿那件東西當作試探，可如今林蕭然這個樣子，想也知道他不會再為若嵐討公道了。僅僅我一個人，把GPS定位接收器交到警察局，恐怕沒什麼用處，至於交給記者……那只是嚇唬林蕭然用的，畢竟，這樣做並不能讓我找到林若曦。

至少目前，條件還不足，我需要更多的「手牌」。

而在我走出房門的剎那，我聽到林蕭然充滿悵然的聲音響起，其中蘊含著濃濃的無奈和痛苦——

「我無力辯解，我的確沒有勇氣替自己的妹妹討公道，是我對不起她。可就像你說的那樣，我身邊，已經沒人了啊……」

第八章

漏掉的線索，高林的落馬

複製人監察廳是在複製人正式販賣的前一年從檢察院分離出來的獨立部門，雖屬於司法領域，但由於對複製人有直接的執法權，更接近於警察這種行政部門。

當司法和行政被同一個團體同時掌握的時候，這個團體便很難不出問題，特別是貪腐方面的問題。

這不能單純地責怪他們，這本就無法避免。

無論是人還是團體，想要讓其墮落，只要給予不被監督的權力即可。

複製人監察廳就是這樣的例子，他們最主要的監督只是針對一個群體，一家製造複製人的公司，但其中的利益已夠龐大。

對於一個政客或者政黨來說，政治獻金並不是什麼讓人值得在意的問題，只要目的不是見不得人就可以。而對於一個剛剛出現了大問題，並且還是完全由公務員組成的國家單位來說，目前還沒有人入獄，已經是看在「複製人監察廳的機能不能停止」這件事的分上了。

雖然這次爆發了遊行意外，但不能否認，複製人監察廳在一定程度上確實保證了一般市民生活環境的穩定。

我走進複製人監察廳，來到服務臺，裡面的一名年輕女子便站起來對我鞠了一個躬。「先生您好，請問有什麼可以幫您的嗎？」

「我想要見一下高林監察長，請問他在嗎？」

女子聽到這個名字微微一愣，她小心的看了一眼我的頭，看上去是注意到我腦袋上的繃帶了，「您有預約嗎？」

「有，我一個小時前剛和他預約。」

「請問貴姓？」

「姓鄭。」

「好的，請稍等。」女子說完便拿起電話。「喂，是高監察長嗎？有一位鄭先生來找您，對，好的，我請他上去。」

她掛掉電話後，對我說道：「久等了，高監察長在十一樓等您。」

「謝謝。」我道了聲謝，便向電梯走去。

我一邊走，一邊觀察周圍的氣氛。如我所料，氣氛和我以前來的時候有所不同，所有人都是行色匆匆，一路走去，我甚至沒有聽到有人說話的聲音，只有腳步聲在大廳裡迴響。

和我一起進電梯的有五個人，三男兩女，而我要按樓層的時候，和一個年輕女子的手撞在一起，我看了她一眼才意識到她也是要去十一樓。

當我走出電梯，她也跟在後面。

「你是去找高林的嗎？」她開口向我問道。

女人高瘦，帶著禮貌性的笑容，疏遠卻不冷漠，她戴著眼鏡，仔細地打量我。

高林？直呼其名啊……不是這裡的人？

「是的，請問妳是？」我小心翼翼地詢問。

「我是他太太。」高太太說出了一個不讓人意外的答案，而後開始向我問話：

「我沒見過你，新來的？」

「呃，不是，我不是這裡的人。」

「找他幹麼？」

這個問題一問出口，我心裡頓時就有點不太舒服了——這是審問嗎？

雖然人家是夫妻，可是直接這樣插手進來，似乎強勢了一些。想了想高林的為人，我不由得有些感嘆，這樣強勢的人找了個更強勢的老婆……怎麼想的？

我含糊其辭地說道：「只是來問一些事的。」

高太太點點頭，然後低下頭，掏出一張名片遞給我。「等會能賞臉喝杯咖啡嗎？」

我看著名片猶豫了一下，老實說，自從林若曦那張名片的事以後，我對這種近乎硬塞名片的行為有點陰影。不過最終我還是接了下來。「請問是有什麼事嗎？」

「對你沒壞處，我們吃飯的時候說好了，高林沒法告訴你的，也許我能告訴你，互相幫忙。」

這聽上去更加奇怪了，剛想開口，就見高太太搖搖頭，「現在別問，等你出來，我們可以慢慢聊。」

我只好點頭，高太太微微一笑，竟然轉身重新按了電梯按鈕。

她不是來找高林的嗎？直接就走？

摸不清楚頭緒，我便乾脆把問題放到一邊，走到高林的辦公室門前敲了敲。

而後我就聽到腳步聲，門被打開，高林穿著襯衫搭配西裝褲，手裡端了杯咖啡，看到是我，便讓我進去。「嗯？頭怎麼搞的？」

他第一句話就問我這個。

「不小心摔了一下，已經沒大礙了，謝謝關心。」

高林點點頭，「你說有事找我，來幹什麼？」

「我來找一個人。」

高林皺起了眉。「找人找到我這裡來？」

「她是這裡的人。」

「誰？」

「林若曦。」

高林挑了挑眉，我看到他似乎有些失望。「看來是你自己來找我的，不是別人讓你來找的，你這麼擅自做主……」

說到這裡，他搖了搖頭。

他什麼意思？

我心裡微微一動，可還不等我說話，就聽到高林說道：「她不在。」

「那您知道她去哪了？」

「我哪知道。我也想知道這個女人死哪去了。」高林臉色難看地罵了一聲，看來最近日子不好過，讓他也有些失態了。「捅出了漏子，人就沒了，現在好了，一個個都來找我麻煩了。」

「漏子？」

「對，遊行的那個漏子。」高林板著張臉。像他這個年紀，能夠爬到複製人監察廳裡十二位監察長之一的位子上，可以說前途無量。以前聽林蕭然說過，高林接下來就算是熬資歷，也遲早能躋身四位大監察長之一。

而這一次，我也有聽到一些風聲，這件事對高林的仕途影響不是一點點大。

「我之前就警告過了，說該盯緊一點，該盯緊一點了，結果每個人都不聽。現在好了，奧米勒斯教惹出這麼大的麻煩，責任反而到我這兒了！」

「您事先對這件事毫不知情嗎？」

高林聞言，神情越發難看起來，他狠狠地盯著我。「廢話，這種事我要是知道，我會忍嗎？拿我自己的前途開玩笑嗎？」

他說得很有道理，做為年輕有為的官僚，做這種事有什麼好處呢？

可問題是，這件事本來就透著一股詭異。如果要說好處，現在誰拿到好處了？都沒有，每個人都在憤怒和悲傷。可難道每個人都沒有參與這件事嗎？

這不可能，一定有的。

而如果是這樣，為什麼會出現這樣的事？這世上也許會有出賣自身階級的個人，但怎麼會有出賣自身利益的人？甚至連「賣」字都說不上來，因為連誰在出價，出價多少都不知道。

所以，高林說的這句話，其實沒有辦法相信。他說的的確是有道理，可用常理來解釋這件已經脫離常理範圍的事，本身就是不合邏輯的。

況且，用問題來回答問題，本身就代表了一種不誠懇。

「那請問，為什麼將最終的執行時間定為十一點？」

高林的臉色微微一變，「你問這個幹什麼？」

「高監察長，我比您想像中知道得要更多一些。」

「我以為你知道，原來你不知道，看來是我誤會了。」高林的表情莫名變得越發冷漠起來，「你走吧，我跟你沒什麼好說的。」

他這突然轉變的態度讓我覺得奇怪。

我以為你知道，原來你不知道……

他是指遊行的背後黑幕嗎？他為什麼會覺得我知道？如果我不知道，對他來說，我就是一個沒有資格和他談論的人？

不對，重點不在這裡，重點在於，很明顯至少有一個訊息源並不受高林的控制，導致高林不知道對方有沒有把資訊告訴我。

而之所以他會有所誤會，很明顯是我身上的一個標籤引起的——我是第二人生的工作人員。

林蕭然果然有參與這件事。

平常這兩個人經常針鋒相對，怎麼在這件事上，是什麼因素或者是什麼人讓這樣一對絕不可能有友誼的雙方，站在同一陣營？

「高監察長，您和林專務到底……」

高林面無表情地打斷了我的話，「你走不走？不走的話，我叫警衛了。」

果然有問題，但既然他警惕之心已起，看來是問不出什麼了。

我只好作罷，冷冷地瞥了他一眼，離開這裡。

犯不著這樣繼續糾纏，先不說沒有結果，這件事發展成這樣也在我的意料之內，所以並不是沒有別的招，況且……

「他解散了舊的軍隊，組織新的軍隊，拋棄了舊的友誼，另締新交。」

我茫然地轉頭，發現若嵐不知何時出現在不遠處，她捧著那本書，低聲念著裡面的語句。而當我把目光放到她手上的書時，卻忍不住一愣。

她手上那原本看不到書名的書，不知何時變成了林蕭然閱讀的《君主論》，不僅僅是書名，連上面被染到的深褐色汙漬都一模一樣。

她為什麼要念這句話？或者說，她手上的這本書，為什麼是林蕭然手中的那本？

這句話源自書中對古代王國敘拉古的暴君耶羅內二世的描述，馬基維利對這位從平民變成君主的男人有著極高的評價——他做國王，除了需要有領土之外，其他條件無所不備。

我沒有頭緒，放棄思考，畢竟醫生告訴我，幻覺不存在邏輯。

我掏出剛才高太太給我的名片，她的名字叫做李尤嘉，從上面的資訊來看，她不僅是一名律師，還自己開了律師事務所。

律師事務所的名字不知道該說是囂張好還是吉利好——萬勝律師事務所。

這家律師事務所還算有些名氣，無論是民事還是刑事，在業界都算排得上名。我打電話給她，電話那頭隱隱傳來了舒緩的音樂聲——

「我在監察廳對面的咖啡廳，你直接過來吧。」

嗯？守在門口的咖啡廳？她很著急嗎？

我揣著這個疑問離開監察廳，走進了那間由深藍色三角玻璃包圍的咖啡廳，隨後我在裡側的小桌前看到了李尤嘉。

我走到她面前，她伸手示意之後，我在她對面坐了下來，並向服務生點了一杯黑咖啡。

「看上去，你沒有在他那裡得到想要的訊息。」

我自然沒有否認這一點，否則我根本沒有理由在她面前坐下，「李女士，妳好，我叫鄭修元。」

李尤嘉很乾脆地擺了擺手，「寒暄就免了，我相信你也沒有太多時間可以浪費，告訴我吧，你來找他是幹麼的？」

我猶豫了一下之後，還是搖搖頭，「……抱歉，在這之前，我不知道是否該信任妳，妳為什麼要背著自己的丈夫和我見面呢？」

「比我想像中好，畢竟優秀的人才會有辦法打聽到詳盡的情報。」對於我的戒心和謹慎，李尤嘉沒有表現出意外，她臉上露出笑容說：「那我就先說自己的目的吧……我要跟他離婚，並讓他淨身出戶，很好理解吧？」

看來他們夫妻之間的關係很糟糕，但我對此並沒有太大的興趣，這和我無關。「這方面我姑且能夠理解，可我沒有辦法理解妳為什麼要找上我。」

李尤嘉聞言，從自己的包包裡掏出一個信封，遞給我。「因為這個。」

我微微一愣，低頭將信封打開，裡面有一張照片，而這照片讓我忍不住有些驚怒，抬起頭質問道：「妳偷拍我們？」

信封裡的照片，是我和若嵐從車裡出來的樣子，照片裡的我正看著若嵐，而若嵐低頭看著手腕上的錶。

「確切的說是想拍這個女人而已，你只是意外入鏡。」

「妳為什麼想要偷拍她？」

李尤嘉嘴角一勾，「妻子偷拍丈夫的外遇對象，想要在離婚訴訟時取得更多的優勢，很值得意外嗎？」

若嵐怎麼可能……不對，她看到的是林若曦。

但即便是林若曦，我也有點無法想像那樣的人居然，「她！她和高林監察長？」

「當然。」

「有直接的證據嗎？」

「間接的證據倒是有，比如襯衫上的唇印，比如加班的時間漸漸增加，比如他越來越喜歡看著我說話。」

前面兩個理由我倒是能理解，但第三個我實在是跟不上這個女人的思路，不由問道：「看著妳說話怎麼了？」

「看著人說話有兩種，一種，只是看，而另一種，叫做觀察。說謊的人很多都喜歡這麼盯著人看，因為他很擔心對方會不會信他。」

說得這麼玄學，恐怕摻雜了太多個人感情，至少在說服力上大打折扣，我接過服務生遞來的黑咖啡，道了聲謝。「姑且就算妳說的是真的，但也不代表和妳丈夫偷情的是她吧？」

「不要小看女人的直覺，特別是抓小三的直覺，我看到她第一眼就明白，肯定是她，不會有別人。」也許是看出來我有些不信，李尤嘉搖搖手指，她看上去對自己很有信心，臉上也帶著一種譏諷之色。「我丈夫在這方面可是很專一的，以前他喜歡二十歲以上三十歲以下的女性，現在還是喜歡這個類型。」

專一還可以這麼形容的嗎？

說到這裡，她話鋒突兀地一轉，「況且如果真有直接證據的話，我還找你幹什麼？」

也是，不管她的判斷是不是正確的，如果她真的因為這個理由想要離婚的話，那麼從動機上來說，找我是沒有什麼問題的。她看到我的時候，便猜到我很有可能就是來找林若曦的。

而理由就是我和若嵐的那張照片，這個部分她猜錯了，因為她不知道林若曦還有一個複製人在世上。她找上我，便是想要新的訊息。

所以從短期的目的上來看，我和她沒有衝突，甚至當夥伴也沒什麼問題，既然瞭解到這些，我自然放下了一些戒心，詢問道：「那妳知道多少關於林若曦的訊息？」

「原來她叫林若曦嗎？知道名字會好找很多。」李尤嘉眼睛一亮，這讓我有些失望，看來她這裡並沒有多少訊息，畢竟她連名字都不知道。

也許是看出了我的失望，她補充道：「決定要離婚是最近的事，我在一個星期前決定要查一下她，但沒幾天她人就不見了，關於這件事，你知道什麼嗎？」

我猶豫了一下，還是把事情告訴她，當然，僅限於她殺了人，而現在不知道到哪裡去的事。

聽到這裡，李尤嘉不由得皺眉，顯然略帶苦惱。「殺人？真看不出來她這麼狠，不過殺人的話就有些麻煩了，畢竟刑事案件屬於公訴，在找到她之前，沒法進入司法流程，短時間內我恐怕也沒有辦法查太多的資料……嗯，不過也不是沒法可想，得託人問問。」

聽到這裡，我心中微微一動，「不對，不是刑事。」

「不是刑事？殺人還不是刑事？」

「死的，是複製人。」我說這句話的時候，聲音很輕，避開了李尤嘉的目光，但卻避不開不知何時站在我身旁，若嵐的目光。

在我說出「複製人」三個字的瞬間她便出現了，我感到一種莫名的羞愧。好像僅僅是因為這三個字，便等於侮辱她一般。

「她為什麼要殺複製人？」

「因為那是複製她的複製人。」

李尤嘉聽到這句話後，一下子沒有反應過來，愣了半晌後才問道：「這應該是不被允許的吧？我記得被複製者活著的情況下，就算經過同意，也頂多能收集生物資訊而已。」

「嗯，但現在……也沒事了。」

李尤嘉沉吟著，如此稀有的案例看來也讓她感到驚訝，神色不停變幻著，「複製人的話，便屬於民事了，那做為辯護律師是行不通了，沒事，那就用別的招好了。」

「什麼？」我沒想到她這麼快就有辦法了。

「她向你借錢，然後欠了你兩百萬。」李尤嘉很認真地對我說道。

「……啊？」我茫然，不是很理解她的意思，「沒有啊，她沒跟我借過錢啊。」

「你記錯了，她借了。」

「兩百萬耶，每個月我都有記錄生活以及工作上的開支，怎麼可能會記錯？」

我忍不住把椅子往後挪了挪，心想這女的是不是有病，「而且突然之間說這個幹麼？」

「不不不不！」李尤嘉使勁搖搖頭，很堅持地對我說道：「她必須要欠你錢，你明白了嗎？必須！」

必須？

難道她……

又來到了警局，因為事情才發生沒多久，我很快就被面前的人認出來了。

「你來幹什麼？」年輕員警皺起了眉，「不是說已經撤案了嗎？」

「我是他的律師，因為經濟上的糾紛問題，需要警方配合。」李尤嘉掏出自己的名片，雙手向前遞出，禮貌卻不失鋒芒，「死者生前曾被鄭先生追求，同時也和鄭先生有過經濟上的往來，現在她人死了……」

追求？我追求若嵐？

我嚇了一跳，但我知道此刻不該多嘴，所以我保持神情淡漠。

「李尤嘉？」似乎才注意到李尤嘉這個人，但年輕員警很快就認出她來了，似乎李尤嘉給他留下不少深刻的印象，他略帶忌憚地問道：「不用每次都遞名片，妳的名片在這裡都快集滿一抽屜了！妳老跑這裡找麻煩有意思嗎？」

「工作的往來總是不能避免的嘛。」李尤嘉笑咪咪地說了句：「你上司老劉最近還好？」

年輕員警含糊地應了一聲，也沒說什麼好還是不好，「妳來幹麼？」

「一個目的，希望能拿回一些他們兩個人之間的私人物品，留個紀念。另外一個目的，由於她和鄭先生之間的財務往來並不被林小姐的家人承認，所以……我想我需要看看有什麼可以用得上的，比如她的手機，我知道你們還留著她的東西。」

「可是這必須經過她家人的……」

「逃債的會希望債主找到欠條嗎？」李尤嘉毫不客氣地打斷了年輕員警的話，「這並不是刑事案件，你們也沒有立案，不存在妨礙你們查案的行為，這只是市民之間的小問題，我跟你們也挺熟的，你不會想要刁難我這個小小的律師吧？」

「可是……」

「將心比心，大家來往那麼久，你們很多事我也是當作沒看到啊……」

年輕員警臉色難看，他躊躇半晌，沉聲說道：「我頂多帶你們去看看，但不允許帶走東西，頂多就這樣。」

李尤嘉皺了皺眉，好半晌才不情願地說道：「那行，就這麼說定了。」

第九章

背叛的真相，蕊兒的成長

證物檔案室擺放得比想像中要凌亂一些，年輕員警翻了差不多足有一刻鐘，才把一本大大的資料夾抱了出來，重重地放在桌上，手往上面一拍。「頂多就給你們看看資料。」

「只有資料？」

「喔，我剛才翻了收取記錄才發現，那些證物都被受害者的家人拿走了，他們本來就是那些東西的主人，這不能怪我喔。」年輕員警聳聳肩，神情放鬆下來。看上去他確實不想讓我們碰證物，畢竟如果有什麼遺失或者損壞，他是要負責任的。

被家人拿走了？是林蕭然嗎？

也是，撤案的同時，將若嵐的遺物收回，也不是什麼值得奇怪的事。

「那遺體呢？」李尤嘉好像不知道什麼叫害怕，或者說她真的對這個和自己丈夫有不正當關係的女性有著強烈的興趣。

「喔，遺體在撤案後，馬上就被第二人生公司的人回收了，畢竟是複製人嘛。」

直接回收？而不是收納做火化處理嗎？不，畢竟是開複製人公司的，這方面開明是正常的。可直接回收，恐怕連葬禮上都不會有遺體了。

這也太實際了一些。

雖然我知道林蕭然是一個不把傳統以及禮節放在心上的人，但這種行徑在我看來無疑顯得冷血。

我和李尤嘉只好退而求其次，相視一眼後點點頭，李尤嘉很乾脆地打開了文件。

而後，她停住手，挑起眉看了年輕員警一眼。年輕員警會意，撇了撇嘴，「別太久，我在門口看著，也別想拍攝這裡的任何東西，這裡有監視器的。」

李尤嘉淡淡地回應，「知道，我又不是第一次來。」

待年輕員警走出去關上門，我問李尤嘉：「他好像很怕妳？」

李尤嘉勾了勾嘴角，「怕麻煩而已。對員警來說，律師是一種妨礙他們辦案，並且時不時地找麻煩的職業。」

「麻煩？」

「自治市的破案率很高，基本上只要報案了，如果有嫌疑人，很少逃得掉，他們的辦案能力和效率自然是一回事，可另一方面……總會露出馬腳的。」

「什麼意思？」

「自治市做為一座政治開明的城市，可審訊過程錄音或錄影存檔的規定卻一直沒有被通過，你以為是什麼原因？」

「……」

「如果每個三分球都能進，那麼原因肯定不是投得準，那只說明一件事……有人作弊了。」李尤嘉的話意味深長，眼睛狡猾地瞇了起來，「審訊有很多的技巧，有些是在違法的邊緣，交道打多了，大家自然心照不宣。太不講規矩的人，幾封投訴就可以讓他們冷靜下來談談了。如果還不冷靜，那罪犯上法庭的時候就有熱鬧看，光是當庭翻供，質疑取證違法就可以讓他們噁心到吐。」

高林的妻子還真不是省油的燈，竟然連警察都威脅。

我搖搖頭，將精力放到檔案上，和李尤嘉一起看了起來。大量的現場照片以及一些簡單的文字報告，還有一些書類審查的檔，全部放在一個資料夾裡。

資訊不多，但因為有些用語對我來說有些艱澀，所以我會時不時停下來詢問，門外的年輕員警沒有多少耐性，五分鐘不到就走進來催促，而後見沒有效果之後，便直接把鑰匙給了李尤嘉，讓我們看完後鎖上門把鑰匙還他。

反正這裡有監視器，他並不擔心出意外。

我開始翻看那些照片，那天夜晚的場景彷彿又一次地活了過來，讓我的呼吸變得沉重。血跡裡的腳印，凌亂地踩在地上，死去的若嵐，驗屍的報告。

我在品嘗壓抑以及痛苦的同時，卻又同時感受到了一種不容忽視的違和感。好像，有什麼東西不見了。

「嗯，這個案子調查得很倉促，可能是撤案太快了，都沒怎麼查吧，連驗屍報告都不怎麼詳細，只寫了個大概。」

李尤嘉的聲音響起，「嗯……有點奇怪。」

我抬起頭，「怎麼了？」

李尤嘉指著一張從客廳門口往裡拍的照片，若嵐的屍體已經被移走，只剩椅子和血跡在客廳最中央，「你不覺得血腳印太多了點嗎？」

我看了一下，那灘血上面確實有著不少的腳印，「很多嗎？」

「現場看的話，被害者面對凶手應該有掙扎行為，按照檔案裡分析的……」李尤嘉指了指客廳中間，正對著大門的桌子，桌子上有一盆被打翻的天堂鳥，「應該是從這裡開始的。」

隨後她從那個地點，沿著血色的腳印，滑到椅子的邊上，「雖然有掙扎，但從那裡到椅子這個地方估計還是有七、八步的距離，中間的腳印不是很多。他們還在桌子上搏鬥過，桌上也有不少血跡，杯子也碎了一地，血跡有些亂七八糟的，估計是拖行的關係，為什麼屍體到了椅子邊上，腳印就變得那麼多了呢？明明那個時候應該不用怎麼搏鬥了才對。」

她指的地方就是若嵐坐著的椅子附近。

「可能是想確認她到底死了沒有？」

「複製人林若嵐的刀傷痕跡已經確定不是受害者的所有物，現場沒有發現凶器，應該是被拿走了。」

我微微一愣，隨後便明白了李尤嘉的意思，「……帶著凶器，就是蓄意謀殺，根本不用費力氣檢查死活，多捅幾刀就好了。」

「嗯，不過也只是猜測，畢竟是殺人，她在不冷靜的情況下做什麼稀奇古怪的事都有可能……」

不對！

那可是林若曦啊！那可是在一群恐怖分子手上掙扎著活下來的林若曦！怎麼可能因為這種事就失去冷靜？她為了殺死若嵐，已經執著到了病態的地步，不可能一點計畫都沒有。

而且話說回來，我突然發現這灘血跡有點奇怪。有一處腳印特別多，周圍血液呈現些許噴濺狀。

難道有人在血液上跳躍嗎？神經病？

我沉默著，沒有說話，但心裡卻越來越覺得奇怪，之前在腦中迴蕩的違和感也越來越強。一言不發地繼續翻看那些照片，直到若嵐屍體的照片……我停了下來。

我的手開始止不住地顫抖，我還沒有意識到具體是什麼事，可看到這張照片，卻沒由來地感到了一陣驚悚。

啪嗒……

我手中的一疊照片一不留神散落了兩張，我彎腰撿起來，卻發現是一張腿部的傷口照片，但我的心卻忍不住一顫。

我想起來了，到底是什麼東西不見了。

不見的不僅僅是一樣！

我看著腿部兩點血色的咬痕，首先想到的是柴柴。我來的時候明明柴柴還在的，那個咬痕很有可能就是柴柴的傑作，可柴柴去哪了？而且，柴柴為什麼會咬若嵐？

第二個不見的東西，是若嵐的手錶，那只配著棕色皮錶帶的手錶，為什麼不見了？

我瞪大雙眼看著若嵐的雙手，手臂蒼白得沒有血色，但依舊可以看出她生前皮膚很是光潔，且充滿活力。但是這便出現了一個新的問題——若嵐是長時間戴錶的人，為什麼沒有晒痕？

答案已經很明顯了，死的不是若嵐，是林若曦。

我猛地一個激靈，將傷口的照片以及文字描述對照看了起來，最後確認致命傷是在後腰，刺入腎臟引起大量出血而造成死亡，刀子刺入後有撕扯動作，導致傷口撕裂嚴重。

我一下子便確定了，死的人是林若曦，不是若嵐。

若嵐殺死林若曦，然後和她互換衣服，為了讓衣服和傷口看起來吻合，她又隔著衣服對準傷口刺進第二刀，然後故意撕扯，把傷口和衣服的破口扯爛來掩蓋痕跡。

這樣一來，小腿上的咬痕也說得通了，柴柴咬的根本不是若嵐，而是林若曦！

林若曦要殺若嵐，柴柴為了保護若嵐才攻擊她，並且留下了咬痕，也許正因為如此，若嵐乘其不備反而殺死了林若曦。

可複製人殺死一般人……這對複製人來說毫無疑問是一件無法承擔的罪孽。

無論什麼理由，複製人殺死一般人，除了回收根本沒有第二個可能。

難怪她要逃。

難怪她失蹤了，因為死的根本不是複製人，因為凶手是複製人。不用說什麼正當防衛，複製人面對一般人，沒有正當防衛的法律保護。

就像一條寵物狗，被人打了，反咬一口，把人咬死了，是不會有正當防衛的說法的。

「我無力辯解，我的確沒有勇氣替自己的妹妹討公道，是我對不起她。可就像你說的，我身邊，已經沒人了啊……」

恍惚間，我彷彿聽到最後一次見林蕭然時，他對我說的最後一句話。那悵然的語調，心如死灰陷入痛苦的表情，在我說懷疑林若曦殺死若嵐時砸碎酒瓶的暴怒，以及最後大家無話可說的沉悶。

「因此，一位君主應該常常徵求意見，但是應該在他自己願意的時候，而不是在他人願意的時候；另一方面，對於他不徵詢意見的任何事情，他應該使每一個人都沒有提意見的勇氣。」

伴隨著那讓人頭暈的耳鳴，若嵐的幻影再次從我身邊出現，我茫然的看向她，她手中正抱著那本染著部分咖啡色汙漬的《君主論》，低聲念了這句來自馬基維利的名言。

對了，林蕭然他其實根本就不想聽我在這件事上深入分析下去！他那天僅僅是計畫接受我的辭職而已！關於若嵐和林若曦之間的事，他有著自己一套不為人知的計畫！

一切的一切串聯起來，如同一道帶著森寒冷意的閃電，從頭頂一直貫通整條脊椎骨。

那本《君主論》，明明之前是乾淨的，可之後為什麼髒了？

那根本不是咖啡！

那是血！不然哪有那麼巧的？

林蕭然在我之前到過現場！

他為什麼不說？他在隱藏什麼？

該死，這不是一目了然嗎？我怎麼沒有早點想到？

他知道死的是林若曦！否則他不會這麼著急的撤案，還用最快的速度回收林若曦的屍體毀屍滅跡……他是為了保護若嵐，把自己親妹妹的屍體當作複製人的身體給肢解回收了！

他要毀滅證據，所以他想要我把GPS定位裝置交出來。

所以今天我對他說殺人者是林若曦時他才那麼緊張，他怕我把若嵐牽扯出來！

「你怎麼了？」李尤嘉似乎看出了我的動搖，「發現什麼了？臉色那麼難看。」

「……沒、沒什麼，只是看到屍體，有點不舒服。」我捂著腦袋，強笑著說道。

面對這個認識還不到半天的人，我無法告訴她林若曦是死於若嵐之手這件事。風險太高了。

可我即便不說，又能怎麼樣？

李尤嘉的雙眼危險地瞇了起來，「你好像有什麼事瞞著我的樣子，這可不是合作夥伴該有的態度……」

我的心微微一跳，連連擺手，苦笑道：「妳多心了，我真的有點不舒服。」

「是嗎……」李尤嘉一臉狐疑之色，「那今天先到這裡吧，反正也沒什麼收穫，要不要先送你去醫院？」

「不用，我自己能去，真的謝謝妳，今天真的不好意思。」

待我走出警局，夜幕已經降臨，晚上七點了。原本並不是無事可做，可既然事情有變，我自然還是發了訊息告訴母親我今天會回家吃晚飯，好讓她放心，同時我也需要好好想想下一步應該做什麼。

我本來是為了給若嵐討回一些公道，也是為了讓自己的辭職更有意義一些，很多事情一直都被蒙在鼓裡，對自己實在是交代不過去。

這個時間點是下班尖峰，所以我打消了坐計程車或者坐巴士的打算，而是花了一刻鐘走到最近的地鐵站，混在逐漸增加的人流裡，空氣裡飄著讓鼻腔乾燥的異味，沉默有序地進入車廂，如同被放進箱子裡的沙丁魚罐頭。

人特別多，我被擠在電車裡動彈不得，我甚至不用抓扶手就可以站穩，或者說，如果真的有人倒了……恐怕抓扶手也沒用了。

我也沒辦法掏出手機看，只好抬起頭看地鐵裡的無聲電視。

新聞似乎越鬧越大了，我看到複製人監察廳的大監察官帶領其他監察長以及工作人員在媒體前鞠躬道歉，但在這之中我沒有看到高林的身影。

正當我奇怪為什麼這種場合他不在的時候，新聞裡的記者說出複製人監察廳已經對此次相關工作人員進行了處分，其中為首的是十二位監察長之中的高林被懲罰性解雇。

高林還是落馬了。

在民意沸騰的現在，複製人監察廳亟需一位足夠分量的人物做為祭品來平息社會上的輿論壓力。雖然不能解決所有問題，但至少讓複製人監察廳表達出沒有敷衍的態度，多少有一些喘息的機會。

今天下午我還在他的辦公室見過他，卻沒想到他這麼快就得到處分。

雖然我對複製人監察廳所表現出來的「積極態度」有了一絲好感，可其快刀斬亂麻的態度，也讓我忍不住懷疑——該不會是斷尾求生吧？

不，應該不會。

我搖搖頭，很快否定了這個想法，都已經是懲罰性解雇了，高林幾乎失去了一切，在這種傷害之下，如果還有高層介入這件事，誰能保證高林不會亂說話，誰能保證高林是最後一個？

如果真的有同夥，要在這種情況下讓一位原本前途有望的官僚當替罪羊，不給足夠的好處是不行的。但就複製人監察廳目前所表現出來的懲罰力道，先不說他失去了做為官僚的一切關於未來的津貼和福利，光是之後可能會捲進的官司就夠高林焦頭爛額的了。失去親人的複製人家屬恐怕根本不會放過他，集中起來請律師團都是有可能的……所以複製人監察廳根本就沒有辦法補償他。

老婆還想要在這種時候跟他離婚……

我雖然不喜歡這個人，但必須感嘆一句他如今還真是流年不利。

當我回到家裡的時候，母親已經在桌上擺滿了菜肴，我微微一愣，「今天什麼日子，這麼豐盛？」

「恭喜出院。」已經坐在桌子上準備開吃的蕊兒咳了一聲，略顯彆扭地轉過頭，嘟著嘴說道：「偶爾吃點好的嘛，家裡好久沒吃好的了。」

「爸呢？」

「出去找草莓牛奶了。附近倒不是沒有便利商店，只是不知道有沒有他要喝的牌子……」母親笑了一下，似乎拿父親對飲料的執著很無奈，「他去那裡找找，不過應該快回來了才對，你的頭沒事吧？」

我不想她擔心，況且我也不覺得有太多的不正常，搖搖頭，「沒事，好得很。」

我應了一聲，剛進洗手間，沖了下水，正塗抹肥皂，便聽到門開的聲音，知道是父親回來了。隔了一會便聽到「啪」的一聲，還有母親略帶不悅的聲音，「先洗手。」

「喔。」父親略帶鬱悶的聲音響起，看到正在洗手的我，他愣了一下。「回來了？」

「嗯。」

「你買草莓牛奶了沒有？」

「沒買。」

他的臉頓時有點不好看。

我頓時了然，「你沒買到要喝的牌子？」

父親哼了一聲，「我沒去另外的店。」

「為什麼？」

「路太遠。」父親一如既往地有著一種奇妙的執著，「路這麼遠，我還是上網訂，宅配比較好。」

他總是在莫名其妙的事情上有著堪稱詭異的堅持。

這是病，得治一治。

我忍不住翻了個白眼，「我記得地圖上的距離還不到兩百米。」

「我的決定果然是對的，真的很遠。」父親很沒自覺地點著頭，覺得自己很英明的樣子，而後他皺著眉，「你洗手好慢，快點。」

嗯？說起來我洗手洗到哪個步驟了？我看著自己布滿肥皂泡沫的手愣了一下，而後搖搖頭。

算了，從開頭第一個步驟重新洗吧……

「為什麼你又重新洗了？我在等你耶！」

「你以為是誰的錯？」我哼了一聲，不滿地說道：「就是因為我洗了一半被你打擾了我才要重新洗啊……」

「不要在莫名其妙的事情上有這種詭異的堅持！這是病！得治一治！」

嗯……這話怎麼那麼熟？

今天這頓飯是家裡很久都沒有的豪華聚餐，不僅食物豐富，更重要的是人一個都沒少。除了因為沒有草莓牛奶而不滿的父親之外，蕊兒和母親似乎都已經從之前的陰影裡走了出來，或者說，她們想要走出來，打破之前家裡略帶低沉的氛圍。

而我看到蕊兒毫不留情嘲笑我頭上的繃帶時，心裡的石頭也放下了大半。

很多事，在想的時候，其實就已經做到了。

吃完飯的時候，蕊兒到我房間裡來，和我聊了一會她最近很迷的韓國歐巴，然後冷不防地對我說了一句，「老哥，前段時間，對不起喔。」

我微微一愣，便意識到她是為之前母親在醫院裡和我的口角而道歉，不由失笑道：「感覺我們家，還真是女性比較厲害呢，振作精神比我和老爸都快得多，還這麼大氣。」

「是吧！」蕊兒很得意地抬高鼻子。

「是媽教妳的？」

「嗯，她對我說了很帥氣的話喔！我以後也要和媽媽一樣，然後找個比老爸優秀得多的老公！」

老爸的聲音在門外悶悶地傳進來，「蕊兒，老爸可以很負責任地告訴妳，那種男人不存在的，妳要相信科學，不要迷信。」

蕊兒聞言大怒，「不許聽牆角！我告訴媽媽喔！每天走路不到兩百步卻連脂肪都不肯留在你身上的無魅力中年死宅過期草莓牛奶臭老爸！」

好毒！

這一連串連標點符號都沒有的稱呼讓我倒抽一口冷氣，而門外也是一片沉寂，我覺得老爸因為蕊兒的稱呼已經再起不能了。

畢竟曾經是家庭的支柱，把我養大的父親，我決定安慰一下他，「老爸不要難過，凡事往好的一面想。」

老爸茫然地問道：「……怎麼想？」

看來這次他真的有點支持不住，居然會問我這種問題。

我歪頭想了想，努力憋出一句：「至少她的判斷還是正確的，比較有觀察能力和總結能力，為女兒的成長欣慰吧。」

「……」

他沒有反駁我，那應該……大概……也許沒事了吧？

安慰了父親之後，我想起剛才和蕊兒的話題，心中忍不住有點好奇，「什麼話？」

「『痛楚不一定帶來成長，但成長一定伴隨痛楚，不要白白忍受這些痛楚。』」

蕊兒搖著手指，好像在背名人語錄，「厲害吧？」

窗外傳來隱隱約約的狗吠之聲，似乎在為蕊兒助威。

我忍不住長嘆一聲，「老媽嫁給老爸，真是浪費啊……」

第十章 公司的巨變，專務的懇求

最近幾天的變化讓人目不暇給，很多謎團雖然讓我感覺迷霧重重，但終究還是會有一種「應該不會更離譜了」的直覺。

可當我看到高林帶著以往不曾有的微笑走進公司，在好奇他目的的同時，心裡卻有了一種不安。

他來幹什麼？

在失去了監察長的職位之後，他來這裡幹什麼？做為時不時打交道、讓我感到棘手的人物，我並不覺得他會喜歡這個地方。即便可以理解他的立場，但我相信公司裡的大部分人都不會對這個人物有好感，頂多只是不討厭。

這個疑惑一直持續到中午，我捧著自己帶來的便當，在辦公桌前繼續忙碌工作，而許渝媛的聲音響起，同時拍了拍我的肩膀，「喂，你聽說了沒？」

出現了，這種即將要流傳八卦的語調。

如果是往常，我對這類事情也無所謂知道還是不知道，但現在這種時期，我自然不想錯過任何訊息，「聽說什麼？」

「專務的事。」

林蕭然？這個人又做了什麼嗎？

這個男人給我的感覺有些複雜，一方面我理解他因為一些想要守護的東西，近乎殘酷地付出的一些冷血代價，從而心生憐憫；可另一方面，他那種為達目的不擇手段的態度，也讓我對他喪失了好感，「林專務？」

「是啊。」

「他怎麼了？」我問著問題，心裡也在想著他是不是又做出什麼駭人的事了，不過轉頭一想應該也不會。因為這些事往往都是經過針對性調查後才知道和他有關，一般情況下他往往會顯得沒什麼存在感。

「他要離開這裡了。」

這個答案可就讓我意外了，離開？身為林仁凡唯一的兒子，還是董事會成員，離開公司？不大可能，就算爭不到董事長的位子，也應該不會離開才對，難道我理解錯了？

於是為了確定，我繼續追問：「離開？什麼意思？」

「他要離開董事會了，聽說他已經把股權都賣掉了。」許渝媛的表情不知道是羨慕還是痛惜，「啊，肯定好多錢呢。」

「……這不可能。」

我本能地就否定掉了。

如果林仁凡老董事長的兒子是一個腦袋裡裝著的全是花生醬的人，我倒是相信他可能會做出什麼蠢事而被逼出董事會，可林蕭然不是。那可是林蕭然啊，從小就各種跳級完成學業，甚至促進了獨立型複製人，推進整個自治市複製人體制的代表性人物。

「這幾天都傳遍了，你不知道嗎？一直都說董事會早就對專務不滿很久了，你也知道林專務有時候那種態度，很多老頭子肯定看著不順眼的啦，而且之前藏匿姜肅生做研究的事曝光，據說責任都在他身上，現在老董事長又不在了……」

許渝媛說到這裡一臉唏噓，彷彿在看精采的商場鬥爭題材連續劇。

聽她這麼一說，我才意識到原來林蕭然一直頂著巨大的壓力。他為了公司的發展冒天下之大不韙去複製姜肅生，近乎喪心病狂地做出了一些事，甚至就連妹妹的死，都不敢大張旗鼓，只為了讓公司平穩度過。

可公司裡的流言早不出現晚不出現，偏偏在要選董事長的這個節骨眼上出現，恐怕是一種試探的態度，並非空穴來風。

用腳趾頭想都知道，姜肅生這件事對公司上層來說，就如同死要面子的富豪和他的私生子一般。

在沒有把事情抖出來之前，私生子自然怎麼疼愛都可以。可如果這件事被抖出來了，富豪為了保住自己的顏面，以及自己家庭的安寧，會徹底斷絕與私生子的關係。

而負責姜肅生的人，性質也差不多。可有趣的地方在於，複製姜肅生讓他來幫助公司研究，很明顯是一件見不得光的事，也是一件麻煩又吃力不討好的事，曝光了完全可以預見對公司的衝擊，這樣的事應該是沒有辦法逼著林仁凡老董事長的兒子去做的。

但正因為如此，恐怕也沒多少人願意去做，所以很有可能，林蕭然是自願接手的。

想到這裡，我突然想要大聲嘲笑林蕭然：這就是你執著的公司，你要保護的公司，在最關鍵的時候反而捅了你一刀。

可馬上我又對這個想法產生了懷疑。

林蕭然輸了？他真的輸了嗎？

也許以前他給我的感覺太過深不見底，我對他有著一種近乎盲目的信心。我並不覺得他會輕易地坐以待斃，至少不會一點反擊都沒有。

他在我眼裡，不該是在病榻上等死的豐臣秀吉，哪怕是輸，也是擁有決心和能力去決戰的石田三成（註3）。

還是說，他其實已經反擊了？

雖然已經決定要從公司離開，但從良心上說，我並不希望第二人生公司走向衰退。畢竟對複製人來說，這是最接近助力，並且強大的團體了。而為了公司的發展，我願意相信林蕭然。

對於第二人生公司來說，林蕭然是必要的。

「他解散了舊的軍隊，組織新的軍隊，拋棄了舊的友誼，另締新交。」

不知為何，這句話再次響起。我看到牆角站著若嵐的身影，她沒有看我，只低頭看著自己手上那本髒了的《君主論》，重複一遍曾經念過的句子。

這是她第一次重複自己的話語，雖然醫生說這沒有任何邏輯，但我還是在意，她為什麼又念了一遍？

註3　日本戰國時代的武將。

佛洛依德的精神分析認為，人的一切行為幾乎都是源自於潛意識，十分看重夢境的分析，那麼幻覺也是來自於我，是否也有分析的價值？

或者說，這是一種提示呢？

不行，光這麼猜毫無意義，林蕭然這樣的人誰有資格擔心他？比起他，若嵐的處境才更讓我擔心，她還活著嗎？

當這個問題浮現的瞬間，我意識到自己漏了一個極為重要的資訊，那是我那天在浴室接起電話後的對話——

「聽說昨天，喔不，是今天凌晨，有賊進來了呢。」

「賊？少東西了？」

「我們部門被翻得亂七八糟，也沒少什麼，不過聽說那些天堂鳥……好像被摔碎了不少。」

「為什麼會被摔碎？」

「不知道啊，可能是偷東西亂翻然後找不到有用的所以發洩吧，其實也沒關係，這種東西，讓複製人過來再補做一個就好了，也沒什麼大不了的，就是工作量

大了點。」

一陣耳鳴帶著暈眩感突兀地出現，我忍不住抱住了頭——是誰？是誰做的？

「你沒事吧？身體不舒服？」

一旁的許渝媛看出我的異常，略帶緊張地詢問。

「沒事，休息一下就好。」我擺著手，撐著自己的身體，忍著不適向外走去，「我出去透透氣。」

我當然不是出去透氣，我走出部門，便向電梯走去。雖然沒有預約，但我相信林蕭然這幾天應該會在公司裡才對，無論他因為若嵐的事受到多大的打擊，在面臨公司出現巨大變動的時刻，他是不會放鬆的。

可當我到了林蕭然所在的樓層，還沒來得及看到林蕭然，卻已經看到劉祕書正在整理自己的東西，她的辦公桌上放著一個大大的紙箱，看上去……似乎是要離職的樣子。

「劉祕書，妳這是？」

「如你所見。」劉祕書推了一下眼鏡，面無表情地說道：「準備走人，我不幹了。」

「走人？妳不做了啊？林專務放妳走嗎？」

「他也不做了。」

「……」我被這個簡單的回答震得一下子不知道該作何反應。

林蕭然真的坐以待斃？這怎麼可能？

「……你想問的話就自己進去吧。」

我見她連詢問林蕭然的意思都沒有，不由得有些驚訝。「林專務知道我要來？」

「不知道，反正他沒交代我。」

那妳怎麼不去通知一下啊……

「反正是最後一天，我放你進去他也不能扣我工資。」劉祕書這副無所謂的德行讓我無力吐槽，再一次好奇林蕭然為什麼請了這麼一位祕書。

不過她既然這麼說了，我自然也不客氣了。徑直走到林蕭然的辦公室前，我敲了敲門。

「進來。」

這聲音聽上去感覺不到任何的挫敗感，我開門走進去，發現辦公室裡沒有被整理收納的跡象，我看向林蕭然，忍不住一愣。

林蕭然的穿戴不同於往常那樣休閒，他穿著一套肅穆至極的黑色西裝，頭髮梳得一絲不苟，再無以往的凌亂，坐在椅子上腰板挺直，一本書被攤開，似乎是那本《君主論》。

「專務，你要走？」

「你聽說了啊？」林蕭然嘿嘿一笑，好像一點都沒有被打擊到的樣子，他點頭承認了這件事，「雖然文件還沒有下來，不過會議在今天上午已經結束了，董事長是徐源清先生，為公司操勞了二十多年，是老頭子一手帶出來的，值得信賴。」

「你走了，誰來坐你的位子？」

「你關心這個幹什麼？反正你也沒那麼快走。」

「我在想這件事到底誰是得利者。」

「這個世界上沒有那麼多陰謀，修元。」

「這句話從你嘴裡說出來不覺得可笑嗎？」

「不在其位不謀其政，現在我已經退下來了，想改邪歸正不可以嗎？」

我看著不為所動，依然和我插科打諢，態度玩世不恭的林蕭然，「你怎麼變成這樣了？」

「都要離開這裡了，所以打理了一下，讓自己有個嶄新的開始。」林蕭然低頭看了看自己的裝扮，有些不自在地動了動肩膀，「衣服這種東西啊，穿得太緊真的有種束縛感，尤其是西裝。」

「那你穿往常的不就好了？」

「衣服這種東西是很有趣的，最初人得到衣服的時候只是為了保暖和保護自己，讓自己在一些環境下不那麼難受，可一旦這個需求被滿足了，就開始追求光鮮亮麗的外表了，即便……有些衣服穿起來有些難受，即便，這不是最初人們穿衣服的初衷。」

我嘲諷地問道：「……你是哲學系畢業的？」

「不，是政治系。」林蕭然一點都不介意，「那個專業多好混啊，念的人少，跳級也容易，就和教授說了聲『我爸是林仁凡，我準備考博士』，他就激動得把我收下了……當然，結果後來我卻沒繼續念下去，那老頭真可憐。」

說到這裡，他一點愧疚感都沒，反而有些幸災樂禍，「嗯，話題扯遠了，總之呢，我現在不能只追求衣服穿著舒服不舒服了。」

「那你還追求什麼？」

「祕密，也許以後你會知道。」

「和若嵐有關嗎？」

聽到我說出「若嵐」兩個字，林蕭然臉上的神情微微一變，「沒關係，人都死了，還能有什麼關係？」

「我感覺她還活著。」

林蕭然聞言，滿是憐憫地看了我一眼，「你要不要去看看醫生？」

「還真是巧啊，若嵐前腳剛死，第二天公司就傳出了凌晨失竊。然而沒損失多少財物，只是東西，人生售後服務部有些東西被翻亂了，花園管理的保全系統故障，被人輕易地攻破，連警報都沒響，導致部分天堂鳥損壞，也因為這樣，為了不影響公司營業，很快就撤案了吧？畢竟沒有什麼重大的財產損失。」

林蕭然眼裡已然沒了笑容，雖然他的嘴角依然勾起，「這是刑事案件，公民無法撤案的。」

「至少，警方已經不再重視了，為了不影響公司營運，他們都沒有再來了。」

林蕭然挑了挑眉，「……這就不清楚了。畢竟我不是警方，不知道他們具體的工作流程。」

「是你做的吧？」

「不要亂說話，修元。」林蕭然的雙眼危險地瞇了起來，「都當社會人這麼久了，口無遮攔是一個很不好的習慣。」

我不理他語帶森然的警告，繼續說出我的推斷。「我之前就感覺到奇怪了，進入公司的人弄亂部門翻找東西我可以理解，可為什麼要摔碎『花園』的那些天堂鳥呢？」

「找不到值錢物品摔東西發洩，很正常。」

「因為偷不到東西直接在現場發洩？雖然我覺得有些牽強，就算是這樣吧，可為什麼偏偏要用那些天堂鳥發洩呢？明明是用玻璃容器來盛放的，弄碎它們不僅危險，聲音也不小……」我仔細觀察林蕭然的表情，他很鎮定，甚至瞳孔的大小都不曾有絲毫變化，「可在當天，公司的保全卻沒有感覺到任何異樣。」

「他在看色情片，我看了下內容，都是重口味的……」林蕭然一臉的欽佩，如同看到了業界的大前輩，「要不是惹出亂子，我還想跟他多交流交流呢。」

「已經交流過了吧？你們。」

林蕭然面對我的質疑毫不生氣，神情茫然地抓了抓腦袋，「你到底想說什麼？我一個字都沒聽明白。」

「那個保全不是因為上班偷懶看色情片而被解雇的，而是有人為了以防萬一，才排除他的。」

林蕭然的眼角微微一抽，似乎突然感到了頭疼，他摸著腦袋揉了揉，「這幾天沒睡好，你可以長話短說嗎？」

「你怕保全說溜了嘴。你根本不相信他，所以半夜進入公司的不是別人，是你吧？」

林蕭然笑了，如同看弱智一般的目光看著我，「我懂了，所以你的意思是，我自己進了公司，翻亂了你們部門的東西，還砸碎了『花園』裡的天堂鳥？」

「沒錯。」

「我為什麼要做這種事？」

「失去了天堂鳥，那麼在重新製作出對應的天堂鳥之前，公司將無法找到該名複製人，畢竟，天堂鳥是系統和複製人之間的橋梁連接。」

林蕭然臉上的笑容一滯，可隨後再次自然了起來，「你還真能編啊，來我們公司真的是大才小用了。」

「我雖然還沒有去『花園』查看，但我相信，若嵐的那盆天堂鳥一定不在了吧？」

「她已經死了，當然就不在了，『花園』裡不會放已經盛開的天堂鳥，這只是你的一廂情願。」林蕭然揉了揉自己的太陽穴，感嘆一聲，「不過聽你這麼一說，我都差點要覺得若嵐還活著了……」

我見他還不承認，便冷笑了一聲，「那請問，你在若嵐死的當天晚上，在哪裡？」

「自己家，睡覺，我一個人住，你就別想有什麼證人了。」

「我覺得，保全被解雇，就不是因為上班時間看色情片被解雇的，而是因為他看到了你。」

這句話說出的瞬間，我看到林蕭然的表情變了。

Bingo！

破綻就是這個！

「你告訴他，他會被懲罰性的解雇，可暗地裡，你卻會給他足夠的好處……比如說錢，比如說更好的工作機會，在他同意扛下所有責任之後，你又破壞了一部分監視設備，將一些不太好的錄影記錄刪除了，對吧？」我看到他冷下來的表情，心中越來越有把握，「不用急著否認。在這方面，只要想辦法花功夫查一查就知道了，看他是突然有錢了，還是已經有了更好的工作？或者，乾脆離開了自治市？」

「……」

「並不是林若曦殺了若嵐，而是若嵐殺了林若曦，殺了你的親妹妹，對吧？你為了保住若嵐，瞞下你親妹妹的死訊，甚至讓她承擔殺人的惡名，對嗎？」

「你的推論確實很有趣，但這是有一個前提的，那就是我在當時已經知道別墅那邊出事了，可事實上，我是在兩點左右接到的電話。公司出事的時間，根據員警的調查結果，說是一點半左右，我可不會未卜先知。」林蕭然說到這裡，語氣卻變得冰冷，「況且，那可是我親妹妹，林若嵐只不過是替代品而已，她殺了我妹妹的話，你以為我會放過她？你別忘了，她本來就是要死的。」

冷酷無情的話語，卻讓我覺得林蕭然的內心已然出現變動。

我也許會懷疑若嵐和林若曦在他心中到底哪個更重要，但我絕不會認為他對若嵐毫無情感可言。故意說得如此冷漠，只有一個解釋——他的心有點亂了。

林蕭然毫無疑問是現實主義者，理性的力量在他的人格中占有極為強大的比例。但問題是，讓理性控制自己的行為，本身就是因為害怕自己受到更大的感性傷害。

甚至可以這麼說，在很多人身上，其理智之所以強大，是因為他們的內心太過感性。

人之所以堅強，是因為足夠軟弱。

可以理智到殘酷的人，只要找到點，往往會比感性的人更快敗北，因為他們會很快便意識到掙扎是徒勞的。

再加把勁！

擊潰他！

我瞪大雙眼，緊盯著他的身體動作以及表情，說出自己之前就猜出的可能，「因為是你先到的。」

「……」林蕭然嘴脣抿了起來，一言不發。

「你才是屍體的第一發現人，你看到親妹妹的死，卻沒有報警，因為你很快便意識到，該怎麼樣保住剩下的若嵐。也許一開始你是真的想讓若嵐死的，可發現林若曦死了之後，你突然變得捨不得了，對吧？就像你說的，你身邊已經沒有人了。」

「這只是你的猜想，我在那之前不知道這件事，更沒有去過別墅。」

「你這本書變髒的時間很妙呢。」我指著他放在一邊，書頁染上咖啡色的《君主論》，「我們要不要去化驗一下？我敢跟你打賭，賭這上面沾染的是林若曦的血，你在現場因為慌亂，不小心讓這本書掉到地上了吧，所以用拖鞋故意踩了很多遍，去掉書的印記，可四周血液有部分呈現噴濺狀，就是因為你的書掉到地上。」

如果我猜錯了，上面真的只是咖啡漬這種一般的汙痕，那自然無話可說。

林蕭然看向放在桌上的書，神情沒有太大變化，一點都沒有被拆穿的慌張感，良久，他開口了，「我後悔了。」

「喔？」

林蕭然搖搖頭，「真不該讓你在若嵐身邊待那麼長時間，麻煩變多了。」

「那你是承認了？」

林蕭然苦笑一聲，「事到如今，我承認不承認，都不會改變事情結果。直接說你的目的吧，我相信你過來不是為了對我炫耀你的腦子的。」

「若嵐在哪裡？」

林蕭然聳了聳肩，「不知道，我也想知道她在哪。」

「你怎麼可能不知道？如果你不確定她的位置，怎麼可能毀掉屬於她的天堂鳥？」

「你猜對了很多事，但有一件事你猜錯了。」林蕭然伸出一根手指，「你還是忽略了一個人。」

「忽略了一個人？」我微微一愣，隨後也隱隱覺得事情有點奇怪，因為實在太順了一些，「是誰？」

「若嵐。」林蕭然從口中說出這個名字的剎那，我一下子反應了過來。「她就算慌張，也不是一個殺完人後就徹底亂了手腳的人。」

「難道……」我猛地打了個激靈，只覺得冷汗從額頭冒了出來。

如果是這樣，那真的是很驚險的一件事。

「嗯，沒錯，我承認，那個保全確實不是因為看色情片被開除的，但也不是因為看到我，我才開除他。在這間公司，我即便半夜走進去，又有誰會懷疑我做不好的事？」

我用近乎呻吟的語調說出了那個可能，「……他看到了若嵐。」

林蕭然點點頭，「在那間別墅出事後，我確實比你先到。我進去的時候，屍體還有點溫度，然後，我發現了死的不是若嵐……」

林蕭然的反應真的很快，我也是之後再次去警察局，仔細看證據，發現了屍體手腕沒有晒痕，以及腳上有咬痕才確認了這件事。

而從當初若嵐的衣著來看，恐怕他只是看到了手腕處沒有晒痕便發現了。

「從這件事發生後，我沒有接到若嵐的電話，我立刻明白了一件事……」林蕭然臉上露出了略顯苦澀的笑容，「她真的不相信我，她覺得我會因為這件事而害她，所以我立刻猜到她下一步會怎麼做。」

為了不讓林蕭然找到她，若嵐偷偷進了公司，毀掉自己的天堂鳥。

我對於之前林蕭然說的話頓時信了八分。

「那還能怎麼辦呢？我只能幫這個傻妹妹擦屁股啊……很多事她做得真的不夠周詳。」

我心中微微一動，莫非若嵐還留下不少疏漏？也對，她再怎麼厲害，在沒有準備的情況下，出現疏漏再正常不過了。

隨後我突然意識到了一個問題。

若嵐既然把自己的衣服給林若曦穿上了，那麼從裝扮上，她不可能意識不到手腕上的問題。她沒有替林若曦戴上手錶……

那麼只有兩種可能。

一種可能是這只手錶對她來說有著特殊意義。

另一個……就是那只手錶無法配戴了，也許是在搏鬥中扯斷了或者割斷了錶帶，如果還掉在案發現場……

我恍然大悟，「我懂了，若嵐丟了自己的手錶，而你把它拿走了。」

林蕭然讚許地看了我一眼，「對，如果把它留在現場，容易節外生枝。你看，我妹妹很粗心吧，不過也可能是她情急之下沒有找到，又不敢耽誤太多時間，所以只能離開。她以前在家裡找東西總是粗心大意的。」

對自己的妹妹做出一個評價後，林蕭然頓了頓，他似乎因為這句評價失神了，不知道想到什麼，眼裡浮現了些許暖意，可之後迅速回過神來，「而後我趕到公司，我發現她已經離開了，她把自己辦公桌上要用的東西全拿走，為了不引起其他人懷疑，我乾脆把你們整個部門的東西全部翻得一團亂，而到了『花園』，我看到她只拿走自己的天堂鳥，我便乾脆砸碎了那一區所有的天堂鳥。這一切，都是為了讓她的離開不那麼引人注意。」

難怪，我一直覺得有點不像若嵐的風格，她應該不是那種為了自己給別人添麻煩的類型，這種性格會導致她在做事的時候傾向思考符合自己道德標準的手段，她根本就沒有把他人的東西弄亂，以及把其他天堂鳥毀掉的想法。

也正因為如此，我從一開始懷疑的就一直是林蕭然，而不是若嵐。因為和若嵐不同，林蕭然不會在乎手段，只在乎結果。

「然後我找了保全，發現他因為是公司裡的人沒有太在意，可終究是看到若嵐了，所以經過一些交涉……嗯，你說是恐嚇也好，或是利誘也好，我讓他閉上嘴，背個黑鍋乖乖離開。」

林蕭然交代完這些，似乎也放鬆了不少，或者說，因為下了某個決定，自然不會在「猶豫」這件事上花費什麼力氣，「好了，我說完了這些，你滿意了嗎？」

「謝謝，那我就……」

「別急著走，我告訴你這麼多，你就不該給我個答覆？」

我一愣，隨後迅速反應過來，承諾道：「放心，這件事我不會對任何人說。」

林蕭然滿意地點點頭，隨後他躊躇了一下，似乎在思考什麼，而後下了決心一般，對我說：「如果，我是說如果，如果你找到了若嵐，一定先和我說。現在能幫她的，只有我了，就算她不相信我，我請求你一定要相信我，拜託了。」

我看著林蕭然第一次抱持如此誠懇的態度，近乎於哀求的口吻，於是點點頭，「好，我會注意的。」

第十一章

高林的「下凡」，柴柴的執著

我離開了林蕭然的辦公室，心中沉甸甸的。到了現在，我已經不會懷疑林蕭然對若嵐的感情，可若嵐因為自身的關係，對林蕭然所產生的不信任感，確實讓事情變得更為複雜。

到了晚上，離下班還有十五分鐘時，林蕭然到我們這裡來打招呼，和大家做了告別。看他依然笑容滿面，以及公司裡同事們那略帶不捨的臉龐，以及最後林蕭然還有劉祕書一起離去的背影，我突然覺得一陣可惜。

嗯？

我還是覺得哪裡有些不對。彷彿心裡裝著無數的棉絮，卻有一根蠶絲混在裡面，讓我難受到幾欲發狂。

可還沒等我想明白，公司下達的一份人事通知把我嚇得幾乎從椅子上跳了起來。

這份人事通知是程源告訴我們的。

他開口第一句話就是：「高林『下凡』了。」

下凡，取自謫仙下凡。而到了現代，被一部分人用來比喻從政府官員身分，轉為民間私企重要人物的行為。每年自治市都有相當比例的高級官員退休後，直接被一些大公司以豐厚的報酬拉進公司，這對很多公司來說都是一件不錯的事。

畢竟政府官員身分越高，對政府的一些關係和消息更為瞭解，也可以充當政府和私企之間的潤滑劑。從這方面來看，高林確實是很適合第二人生公司，畢竟原來他就屬於複製人監察廳，而且職位不低——前提是公司願意相信他。

如果高林來了公司，卻幫複製人監察廳當內應，絕對讓第二人生公司全體人員夠受的，畢竟複製人監察廳的工作，對第二人生公司來說就是「找麻煩」。

而現在的高林是否還值得相信？答案是肯定的。

他都背黑鍋被複製人監察廳一腳踢出來了，對於第二人生公司來說，這自然是可以信任的。更重要的是，在這件事上，高林也沒有在媒體前胡亂攀咬，也不會得罪太多人，不管是真的還是假的，他願意老實離開的態度一定讓很多人滿意。

與此同時，他獨自嚥下了這個苦果，卻得到了一張以後可以威脅複製人監察廳的王牌。

這張王牌放在複製人監察廳裡，他永遠都用不上，畢竟是同一個利益團體，一旦他離開，自然再無掣肘。我突然意識到高林在這件事上表現出來的可怕心計，不愧是玩政治的，這一手黑得我頭都暈了。

我之前還一直思考糾結，複製人遊行事件裡，受益者到底是誰……

現在我明白了。

是高林。

複製人遊行事件時有他的部下林若曦直接出手，那因為「操作失誤」所造成的慘案恐怕也在計畫之中，一切的一切都是為了今天。

為了讓複製人監察廳受到巨大壓力，不得不找一個人來當代罪羔羊。

他並不是被迫認罪，他是和複製人監察廳做了交易，從他上司的眼中看來，這恐怕是他主動背的鍋，感激涕零都來不及！

高林才是奧米勒斯教的幕後黑手！以前還假惺惺地讓我因為奧米勒斯教的事去對林蕭然施壓，這該死的混球，一直都在做賊喊捉賊！

想想也是，有什麼比宗教更適合控制人心？這對於複製人監察廳來說，宗教分明是最合適不過的利器，奧米勒斯教的存在恐怕是早已被默認的。

由複製人監察廳提出需求，而第二人生在複製人監察廳的需求下，開發並研究技術來建立以及控制這個宗教，如果不是姜肅生的失控，讓奧米勒斯教出現了讓複製人監察廳緊張的變化，恐怕將永遠一直這麼下去。

高林那次讓我對林蕭然的轉告，其意圖並不是讓林蕭然監督以及打擊奧米勒斯教，而是讓他想辦法將奧米勒斯教重新穩定抓在手裡。

可發現姜肅生這樣的人不易控制……於是姜肅生就此消失，就如他所願那般。

奧米勒斯教，是第二人生公司和複製人監察廳共同合力製造出來的怪物。而諷刺的是，奧米勒斯教的核心價值就是用「死」來體現自由意志，用來逃避這兩個組織的掌控，讓複製人們得到真正意義的自由和解脫。

這種骯髒的手段，恐怕也不能堂而皇之地公諸於世，這恐怕是自治市成立以來最大的醜聞。沒有人會承認這個關係，因為誰也不比誰乾淨，兩個組織的所有人都在這個利益集團之中。

我渾渾噩噩地下了班，擠進了混合著雨水和體味的車廂之中，回到家之前走向便利商店，可到了門口才記起申屠已經離開，眼前的便利商店已經被拆除乾淨，有幾個施工人員在裡面裝潢，看裡面的樣子，似乎是準備做餐飲。

我又撐著傘走到家門口，猶豫了半晌還是沒有進去。

走進去，吃飯，和家人聊一會天，然後梳洗睡覺？最終這一天就這麼過去了？

我到底在幹什麼？我不是要把若嵐找出來嗎？可我還有什麼要把她找出來的理由嗎？她已經逃了，我把她找出來又能如何？我既沒有能力洗脫她的罪名，也沒有能力改變這個對複製人苛刻的世道。

我找她，還有意義嗎？很多我和她之間的話，在她死的那一天，就已經說盡了。再見到她，我都沒有辦法想像自己開口的樣子……

要放棄嗎？說實話，還真的有點累了……

我想著這些，從包裡掏出了鑰匙，在指尖碰到鑰匙的剎那，我的動作卻停了下來。

不行，如果就這麼了結，我甘心嗎？

事到如今我已經不知道我為何對若嵐如此執著了，理由什麼的已經不再重要。

我重新往回走，走到那間還在裝潢的店鋪那裡。雖然申屠已然不在了，但我還是覺得這塊地方更適合我整理思緒。

施工的幾個人看了我一眼沒有說話，自顧自地幹活，聊著天。

重新理一理思路。

若嵐最想要做的，是什麼呢？

是活下去。從她還會逃跑，並且隱瞞自己的蹤跡和死訊的情況來看，她並不想這麼簡單地死去。可問題來了，她明明之前已經送出了自殺申請，在被殺死的那一天，還如此堅定地想要在第二天離開這個世界，為什麼現在卻產生了求生的意志？

那天晚上，林若曦對她說了什麼，讓她改變了主意？或者說，殺死林若曦這件事，讓某些事情發生變化，從而激發了若嵐的求生意志。

停，這個方向不對，先不要管這是為什麼。

要從更早，更根源的地方開始推論才行。

她是複製人，雖然有些特殊，但也必然和奧米勒斯教有所聯繫，甚至因為其地位，恐怕她知道得更多。必須承認，奧米勒斯教的教義即便怪異，在自治市這個環境下，對複製人的吸引力是無與倫比的。

即便核心是死亡，可包裹在自由的外衣下，終究是會讓人忍不住接近。

再加上第二人生研發的資訊技術，以及AI監察系統，讓這個畸形的宗教擁有著傳統宗教所沒有的控制力。但若只是如此，是不夠的。

「沒有複製人希望姜肅生死去。」

這是母親曾經對我說過的話，姜肅生是奧米勒斯教的重要人物是可以確定的。如果母親的話沒有任何的誇張，一個宗教真的只是靠虛無縹緲的教義，以及無可奈何的死亡，真的可以做到這一點嗎？

複製人數量並不少，再加上現代科學發展至今，無神論者並不少，宗教和科學本身就是死對頭，如何能夠保證所有複製人都對宗教有著發自內心的好感？

如果說來自於系統監管的恐懼，我可以理解。

可如果僅僅是恐懼，「沒有複製人希望姜肅生死去」這件事便是不合理的。

信仰無法普及所有人，現實卻可以，也就是說，姜肅生很有可能代表著現實中，完全可以實現的某一種……「希望」。

這種「希望」指的是什麼？

我掏出手機，將先前儲存在手機裡的《從奧米勒斯城出走的人》再次打開，一邊閱讀，一邊尋找著可能的靈感。直到我看到最後一段……

「有的時候，某個年輕男女去看了那孩子之後並不回家痛哭流涕或是震怒發狂，事實上，他或她根本就不回家。也有的時候，某個年紀大得多的成年男女去看了那孩子之後會沉默一兩天，然後便離家出走。這些人走到街上，獨自一路走去。他們一直往前走，穿過漂亮的城門徑直走出奧米勒斯城。出城之後，他們穿越奧米勒斯的田野繼續向前走。每個人，無論是年輕男子還是年輕女子，無論是成年男子還是成年女子，都是一人獨行。夜幕降臨了，他們還得沿著城鎮的街道，穿過街道兩邊窗戶亮著螢光的房屋，繼續往前走，走進一片黑暗的曠野之中。每個人都是單獨地向西或向北，朝深山裡走去。他們一直向前走。他們離開奧米勒斯城，頭也不回地向黑暗中走去。他們要去的地方是一個對我們大多數人來說比奧米勒斯城更難想像的地方。我根本無法描述那個地方。也許根本就不存在那樣一個地方。但那些離開奧米勒斯城的人似乎知道他們要去的是一個什麼樣的地方。」

看完這一段，我突然意識到答案是什麼。

答案簡單到直白且質樸。

是自由。

唯有自由，才是全體複製人都渴望擁有的，這是他們共同的需求。

複製人們，想要離開自治市，就如同那些從奧米勒斯城出走的人們一樣。

「這還真是要變天了啊，他居然出來選議員了，還是兩次選期內，以市長為目的？口氣會不會太狂啊……這麼年輕。」

「年輕？年輕好啊，說明是精英嘛，和混吃等死的老不死不同，我們自治市就是需要這樣的精英。」

不遠處兩名工人坐在地上，看著手機播放的影片時所產生的對話吸引了我。

我走到一邊，用一個合適的角度，假裝不經意地往他們手機裡的影片瞥了一眼，就這一眼，把我嚇到了。

是林蕭然！

林蕭然要參政？

我連忙戴上藍牙耳機，連接了手機，隨後在網上搜索林蕭然，以及參選等關鍵字，發現此刻正在直播。

一名記者提問：「請問林先生，聽說您是因為在第二人生公司裡工作不順，加上林老先生的病逝，以及這次的複製人遊行事件，所以想出來參選，不知道這個情況是否屬實？」

「如你所見，我現在沒工作，不找份工作我怕會餓死。」林蕭然說到「餓死」這兩個字的時候，伸出雙手如表演兔耳般在頭頂做了個雙引號的姿勢。

林蕭然的玩笑話讓臺下的記者發出一陣哄笑，自然不會有人當真。

「看大家笑得那麼開心，我放心很多，很顯然你們不會相信那些無稽之談。」林蕭然讚了一聲，便話鋒一轉，「關於我的參選動機，在你的話裡確實有部分沾上了點邊。對，沒錯，你說的複製人遊行事件就是我參選動機的一個表現方式。」

「表現方式？」記者略帶疑惑地跟著念了一次，然後低頭記了下筆記。

「對，表現方式，沒有什麼比這次的事更能體現複製人的不人道生存現狀了，我覺得我有責任來改善這樣的現狀。」

「請問您想要如何改善呢？」

「平等，平等的權利。」

「能請您具體的說明嗎？您說的平等權利，包括哪些呢？」

「也許你覺得我所說的『平等』有含糊其辭的意思，但很抱歉，你誤會了，我所說的平等，是真正的平等。他們應該和我們一樣擁有社會的基本福利、工作的權利、婚姻的保障、交稅的義務，我們也應當給予他們隱私權，特別是身分保密，我強烈建議取消複製人資訊公開制，雖然目前只有法人資格才能查詢，但『可以查詢』本身就代表了我們認可這種不平等。這樣可以消除一些社會歧視，甚至在未來，我們可以考慮讓第二人生公司恢復他們生育的身體能力，等等等等。」

這話一出，臺下頓時變得嘈雜起來，亂哄哄的，林蕭然微笑著，耐心地等待臺下的人們恢復安靜。此時，另一名記者舉手，林蕭然點頭示意，那是一位年輕的女性。「請問林先生，如果像您這樣做，那複製人和一般人還有什麼區別？」

「為什麼要有區別？」林蕭然的臉色微微一沉，「如果在這方面有所疑問，我想反問一句，這位記者小姐，妳對複製人是有什麼個人偏見嗎？」

林蕭然一開始笑吟吟的姿態讓現場的氣氛相對放鬆，但臉色沉下來的那一瞬間，即便是透過螢幕，我也感受到了壓力。

「沒，我沒什麼偏見，只是說，我覺得市民應該有知的權利，畢竟複製人的生產，以及運作都會侵占一部分的公共資源……」女記者嚇了一跳，否認了之後，便組織自己的語言回答，並變得越來越冷靜，「再加上婚姻的保障，根據去年的民調結果，有接近百分之三十的人介意自己的配偶是複製人，如果失去了複製人身分公開制，這會讓相當多的家庭變得不夠安定，甚至進一步降低結婚率……」

「為什麼會降低？」

「因為會覺得自己有可能被欺騙，毫無疑問，如果複製人的身分無法查詢，就是企圖達到一種惡意欺騙的目的，結婚自然會變得謹慎，況且哪怕大家去超市買菜，基改農產品也是有法律要求必須標明，否則就屬於商業欺詐……」

女記者的話停住了，因為她看到林蕭然擺了擺手。

「我大概懂妳的意思了，不過我很遺憾妳拿複製人這樣的生命去和沒有思想意志的農產品相提並論。」林蕭然淡淡地說了這句話，讓女記者紅透了臉，隨後他從手邊拿起一份表格，看一眼上面的數字說：「自治市的整容水準在世界上的先進國家中也算是數一數二，根據統計，去年整容產業的收益比前年增長了百分之二十六點二，今年似乎還有繼續增長的趨勢，已經有超過三成的成年人有過整容經歷……妳覺得，這些經歷應該被公開嗎？」

女記者被問住了，瞠目結舌，吞吞吐吐地回答：「這是個人隱私，怎麼可以……」

「但整容難道不是這個世界上最具有欺騙性質的代表行為之一嗎？用嶄新的、

優雅的形象來改變自己天生的樣貌，這難道不是用後天技術去隱瞞自己DNA的真實面貌嗎？用整容來改變自己的形象，讓婚姻變得更為容易以及融洽，難道說，用整容後的姿態，去戀愛，去結婚，是一種『惡意欺騙』行為嗎？請問，希望讓自己在喜歡的人眼中更美麗或者英俊，為什麼會變成一種『惡意』？這明明是一種美好心意的體現，而複製人的身分，也只是一種類似的東西，這個身分在消除法律上的不平等後，不會造成任何的負面影響，如果真的有複製人不想讓對方知道自己的身分，這一樣是一種美好心意的體現，不是嗎？」

林蕭然這一番話說得這位女記者啞口無言，而接下來立刻有另一位戴著眼鏡的中年男子舉起手，在林蕭然的示意下，站了起來。「請問林先生，您是否考慮過複製人的權利被提升之後，對自治市經濟的負面影響？」

「比如？」

「比如進一步提高的失業率，因為他們必須要和一般人開始競爭，甚至也會讓企業的平均薪資進一步下調。」

「第一，複製人雖然會爭奪工作崗位，可同樣，他們也可以自己經營，來增加社會的工作機會；第二，你說失業率，那麼請問你是否查過去年一年的自治市私企業的加班現象？超過百分之六十的公司用加班來緩解人手不足的問題……」

林蕭然口若懸河，將臺下的那些記者一個一個駁倒，時而認真嚴肅，時而幽默輕鬆，遊刃有餘的姿態讓我看得目瞪口呆。

這世界怎麼了？

這麼一個油腔滑調的花花公子，居然裝模作樣地去參選議員？

可隨即我意識到了一個問題。

如果林蕭然真的改變了複製人的現狀，恐怕在兩次選期之內，真的有可能選上市長。畢竟光目前的複製人就已經有兩萬多人，這代表的不僅僅是兩萬多票，而是兩萬多個家庭。

而乘著這次複製人遊行慘案的東風，他成功當選議員的機會並不小。

意識到這點的剎那，我驀然發現——

林蕭然竟然也得益了！

他並不是被踢出公司，他是自願走的！就從他以「複製人平權」口號來參加選舉，恐怕第二人生公司就得使出吃奶的勁資助他，選舉的活動資金基本就等於可以報銷了。

他哪裡還需要留在公司看那群董事會的大老眼色？現在恐怕第二人生公司已經準備商討該塞多少錢給他比較合適了吧！

他根本就不需要當上董事長，第二人生公司已經是他的了……

這句話再次浮現在我的腦海，如同一道閃電般照亮了我之前看不清的東西——

「他解散了舊的軍隊，組織新的軍隊，拋棄了舊的友誼，另締新交。」

高林和林蕭然是一夥的！

我說高林居然並不僅僅是顧問身分，甚至還可以進入董事會，一定是林蕭然把自己的股權賣給他了！賣給了在所有人眼中是林蕭然死對頭的高林！

高林背叛了複製人監察廳，卻得到了複製人監察廳的力量；而林蕭然背叛了第二人生公司，卻得到了第二人生公司的資金。手段表現不同，本質卻如出一轍！

而從現在高林進入第二人生公司，卻還要幫助林蕭然取得市長的寶座來看，恐怕林蕭然才是主導者。

他才是真正的奧米勒斯教的總BOSS！

我早該想到的，從林若曦出現在複製人監察廳的那一刻起，我就該懷疑的！

他們從一開始就是一夥的！

天空漸暗，隱約的狗吠偶爾出現，路燈不知何時已然亮起，路上的行人和車輛開始變多……

嗯？

說起來，為什麼最近老是在這附近聽到狗吠？

我心中一動，循著狗吠聲走去，走了約莫五十公尺，我在一處陰暗的牆角看到了……柴柴。

我看到牠的時候眼淚差一點就掉下來了。

牠瘦了好多，我甚至看得到牠根根分明的肋骨，渾身髒兮兮的，身上的毛髮出現了斑禿，似乎已經染上皮膚病。牠虛弱地發出叫聲，身後的輔助輪看上去已經壞了，導致牠沒有辦法很順暢的移動，可牠雙眼卻極為有神地瞪著我。

牠的眼神依舊有點凶，看上去很不友好。

可我依然知道牠在求救，甚至我還知道，牠求我救的不是牠，是若嵐！

要不是若嵐，這隻對我一向臭屁的死狗怎麼可能低頭求我！

我衝了過去用顫抖的雙手把牠抱起來，牠沒有掙扎，乖乖地躺在我懷裡，我咬著牙，忍著鼻尖的酸楚，瘋狂地向最近的寵物醫院跑去，用近乎哭腔的語調一邊跑一邊喊：「撐住，你活下來咱們才能找若嵐！一定要撐住！」

「汪！」

牠虛弱地應了一聲。

火焰，正在熄滅。

但好在，在這一片漆黑不見五指的迷霧之中，我終於看到光亮了。

後記

看到這裡的讀者們辛苦了，停在這種地方宣告第四集結束不知道有多少讀者拳頭硬硬的？

很多以前埋的線終於在這一集挖出來了，雖然劇情帶著負面的情緒，但我反而寫得很開心，甚至稱得上很療癒，畢竟寫這一集，我準備了很久很久，差點沒憋死！

這一集不知道大家看到林若曦的時候，會不會驚訝「若嵐」這樣的人，竟然會變得如此偏激和狠厲。

畢竟那一段不堪回首的經歷，足以改變太多東西。

即便他們依然擁有類似的思考模式，但因為一些價值取向出現變化，表現自然也變得迥異。

關於林若曦和若嵐之間的靈感，其實是源自於我以前的一種想法。

如果有一天，出現了一個和我長得一模一樣，思維也一模一樣的人，我會如何……我當時第一個想法不是去和他交朋友，而是想讓這個人就此在這個世界上消失。

我不知道是源自競爭意識，還是膽怯於第二個人能夠瞭解我內心的全部醜陋，總之，我不希望這個人可以和我一起存活在世上。

但從另一方面，我自身也有想被人瞭解的衝動，如果那個人真的就此消失，恐怕我也會有著極為濃重的不捨。

這是一種相當矛盾的情緒。

所以寫這一集的時候，我漸漸意識到，人們都期望被他人瞭解，可也害怕被他人瞭解。前者因為我們內心的孤獨，而後者則是來自我們內心的恐懼。

所以現在可以推出一個邏輯——如果想要遠離孤獨，便要直接面對恐懼，而如果想要遠離恐懼，那就只能品嘗孤獨。

兩者並無優劣，但如果說喜好，我應該是希望可以直接面對恐懼。至於林蕭然的問題，讓我留到下一集再慢慢用故事敘述給大家看。

下一集應該是最後一集了，我會努力完成這部作品，也希望這一集能夠讓大家感到有趣，謝謝。

2019年3月19日　浙江杭州

千川

人生售後
服務部

翼想本

人生售後服務部4

著　者／千川
發 行 人／黃鎮隆
副總經理／陳君平
總 編 輯／洪琇菁
執行編輯／洪琇菁
企劃宣傳／邱小祐、劉宜蓉
封面插畫／Ooi Choon Liang
美術編輯／王羚靈
國際版權／黃令歡
文字校對／施亞蒨
內文排版／謝青秀

出版／城邦文化事業股份有限公司 尖端出版
台北市中山區民生東路二段一四一號十樓
電話：（〇二）二五〇〇—七六〇〇
傳真：（〇二）二五〇〇—二六八三
E-mail：7novels@mail2.spp.com.tw

發行／英屬蓋曼群島商家庭傳媒股份有限公司城邦分公司 尖端出版
台北市中山區民生東路二段一四一號十樓
電話：（〇二）二五〇〇—七六〇〇（代表號）
傳真：（〇二）二五〇〇—一九七九

中彰投以北經銷／楨彥有限公司
（含宜花東）電話：（〇二）八九一九—三三六九
傳真：（〇二）八九一四—五五二四

雲嘉經銷／威信圖書有限公司 嘉義公司
電話：（〇五）二三三—三八五二
傳真：（〇五）二三三—三八六三

南部經銷／威信圖書有限公司 高雄公司
電話：（〇七）三七三—〇〇七九
傳真：（〇七）三七三—〇〇八七
客服專線：〇八〇〇—〇二八—〇二八

香港經銷／城邦（香港）出版集團有限公司
香港灣仔駱克道一九三號東超商業中心1樓
電話：（八五二）二五〇八—六二三一
傳真：（八五二）二五七八—九三三七
E-mail：hkcite@biznetvigator.com

新馬經銷／城邦（馬新）出版集團Cite（M）Sdn. Bhd.
E-mail：cite@cite.com.my

法律顧問／王子文律師　元禾法律事務所
台北市羅斯福路三段三十七號十五樓

二〇一九年六月一版一刷

■中文版■

郵購注意事項：
1.填妥劃撥單資料：帳號：50003021戶名：英屬蓋曼群島商家庭傳媒(股)公司城邦分公司。2.通信欄內註明訂購書名與冊數。3.劃撥金額低於500元，請加附掛號郵資50元。如劃撥日起 10～14日，仍未收到書時，請洽劃撥組。劃撥專線TEL：(03)312-4212 ・ FAX：(03)322-4621。E-mail：marketing@spp.com.tw

國家圖書館出版品預行編目資料

人生售後服務部 / 千川作. -- 1版. -- [臺北市]：
尖端出版, 2019. 06-
冊； 公分
ISBN 978-957-10-8578-4 (第4冊：平裝)

857.7 108006107

翼想本

翼想本